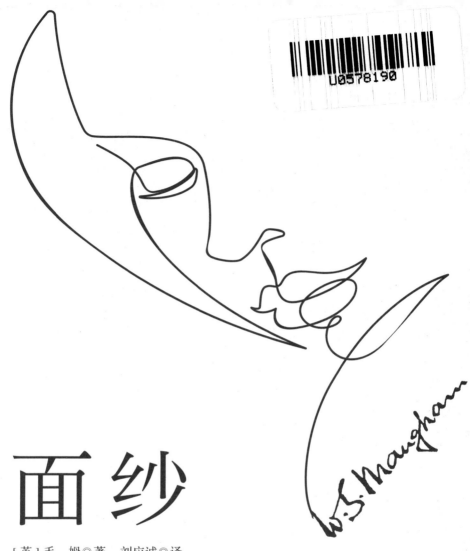

# 面纱

[英] 毛　姆 ◎著　　刘应诚 ◎译

北方联合出版传媒(集团)股份有限公司
万卷出版公司

# 序 言

　　当时，我是一名学生，就读于圣托马斯医院。复活节我放了六周的假。我把衣服放进轻便旅行箱，兜里揣上二十英镑就出发了。那时我二十岁。我去了热那亚和比萨，然后又去了佛罗伦萨。在佛罗伦萨的维亚劳拉我租了一间房，从窗户那里我能看到大教堂可爱的圆顶。房主是一位寡妇和她的女儿，她们提供我食宿，价格为一天四个里拉（经过好一番的讨价还价）。恐怕她也从中赚不到什么钱，因为我胃口大得惊人，一顿饭能吞下大量的通心面，而没有一丝不适。她在托斯卡纳丘陵地带有一个葡萄园，我记得她从那里拿来的基安蒂酒是我在意大利喝过的最好的酒。她的女儿每天教我意大利语，当时我觉得她好像很成熟，但我想年龄不应该超过二十六岁。她经历过不幸。她的未婚夫——一名军官——在阿比西尼亚被杀后，便发誓终身不嫁。在她母亲离世后（一位体态丰满、头发灰白、生性快乐的老太太，不到上帝认为合适的那一天来召唤她的话，她是不会死的），埃尔西尼亚将入教修行，这件事是可以理解的。但是她是怀揣欢快的心情期待着这一天的到来。她喜欢开怀大笑，午饭和晚饭期间我们非常快乐。但是她上课时非常认真，当我犯傻或溜号时，她就拿一把黑色的尺子敲打我的指关节。如果不是我想起过去在书中读到的那些守旧的教书先生之模样，然后一笑了之的话，这样拿我当小孩子对待，我定会愤怒的。

我辛劳度日。每天先翻译几页易卜生的剧作，以便掌握写作对话的娴熟技巧。然后，手里拿着罗斯金的书，在佛罗伦萨的各处名胜探寻。根据说明，我非常欣赏乔托设计的钟塔和吉柏提设计的铜门。在乌菲齐美术馆，我对波提切利的作品非常感兴趣，对大师不赞成的东西也表达了初生牛犊不怕虎的那种蔑视态度。午饭后，我要上意大利语课，然后再次出游，走访教堂和沿着亚诺河畔漫步遐想。晚饭后，我出去寻求奇遇，然而出于天真或至少是害羞的本性，每次回来都和出去一样贞洁无瑕。房东太太尽管已经给了我开门的钥匙，可她总是等我回来，把门插上，才算放心，因为她担心我忘插门。我还得研读教皇派和贵族党争斗的历史。我很不忿地意识到，浪漫时代的作家不会有我这样的表现，不过我也怀疑他们中有谁能靠二十英镑在意大利度过六个星期。而我非常享受这庄重、勤勉的生活。

我已经读过《地狱》部分（虽借助于译本，但我还是认真地在词典里查阅了我不认识的生词），所以跟着埃尔西尼亚开始读《炼狱》。当我们读到引证的一个段落时，她告诉我，皮娅是意大利锡耶纳市的一位贵妇，她的丈夫怀疑她私通，但慑于她家庭的背景，不敢将她处死，便把她投入他在马雷马的城堡中，他确信那里的有毒蒸气能帮助他实现他的诡计。然而，她却迟迟未能毙命，他失去了耐心，把她扔出了窗外。我不知道埃尔西尼亚从哪儿得知的所有细节，我手里那本但丁书的注释就没有那么详细，但尽管如此，这个故事激起了我的想象力，反复出现在我的脑海里，多少年来我一直冥思苦想，有时连续两三天。我过去经常自言自语地重复这句诗：锡耶纳养育了我，马雷马毁了我。不过，这只是我构思的许多题材之一，时间一长就淡忘了。当然，我把它看作一个现代故事，可又想不出来当今世界或许能合理地发生这种事情的背景，直到我在中国完成了一次远行，才找到了这个背景。

我觉得这是我写的唯一一部从故事开篇而不是从人物开篇的小说。很难解释人物与情节之间的关系，也不能很顺畅地凭空想象出一个人物，当你想到他时，你就得去想他处在什么情况下，正在干什么，以便这个人物，至少他的主要行动似乎反映出你想象中一系列动作的结果。但是，本案的情况是：人物被挑选出来去适应我逐步展开的故事情节，这些人物是从我长期在不同的场合结识的人中构建而成的。

　　写这本书时，我也遇到了作者常见的问题。原来我把男女主人公的姓氏定为雷恩，非常普通，但是香港冒出来一些同姓的人。他们提出了控告，连载我小说的杂志用两百五十英镑才把这件事解决掉，我把姓氏改为费恩。然后是香港的助理辅政司，认为自己受了诽谤，威胁要采取诉讼程序。我很惊讶，因为在英国我们可以把总理搬上舞台，或把他当作小说中的人物，什么坎特伯雷大主教或者大法官什么的，这些位高权重的大人物绝不会伤一点和气。我感到非常奇怪，一个就任这个临时的极其微不足道的职位之人，竟认为自己遭到影射，为了省却麻烦，我又把"香港"改为想象中的殖民地取名"清延"①。事件发生时书已经出版，只得进行召回。一部分精明的书评者收到书后，以种种借口不予返还，这些书现在已经具有了书志学上的价值，我想现存大约六十本，已成为收藏家高价收购的藏品。

威廉·萨默塞特·毛姆

---

① 在之后的版本中又改回了"香港"。

*1*

她惊叫了一声。

"怎么啦?"他问。

房间的百叶窗关着,光线很暗,但他还是看见了她脸上惊魂未定的害怕表情。

"刚才有人推了推门。"

"哦,或许是那位女仆吧,也可能是哪位男仆。"

"他们绝不会这时候来,他们知道我吃过午饭总要睡上一觉。"

"那能是谁呢?"

"沃尔特。"她小声说道,嘴唇颤抖着。

她指了指他的鞋。他尽力把鞋穿上,可她的惊慌感染了他,他也紧张起来，显得笨手笨脚的，再则鞋带又系得很紧。她不耐烦地叹了口气，递给他一个鞋拔子。她匆忙地穿上睡衣，光着脚走到梳妆台前。她留着一头短发，她拿起梳子，梳了梳凌乱的头发，这时他才系好了第二只鞋。她把外衣递给他。

"我怎么出去？"

"最好先等等，我到外面看看，保证万无一失。"

"不可能是沃尔特，他五点前是不会离开实验室的。"

"那是谁呢？"

他们这会儿几乎是在窃窃私语。她在颤抖，而他觉得遇到紧急情况她会失去理智，他不由得怪罪起她来。既然不安全，可她怎么说安全呢？她屏住呼吸，把手搭在他的胳膊上。他顺着她的眼光看去，面前是通往走廊的窗户，安着百叶窗，百叶窗都插着。他们看到白色陶瓷手把旋钮在慢慢地转动，可没听见有人走过走廊，这种无声的转动令人恐惧。一分钟过去了，没有动静。接着，他们看到另一扇窗户的白色陶瓷手把旋钮也转了起来，真是鬼使神差，令人毛骨悚然。吉蒂的精神崩溃了，太可怕了，她张嘴就要尖叫。他见状，赶紧捂住她的嘴，压住了叫声。

沉默。她倚在他身上，膝盖在发抖。他害怕她会昏过去。他皱了一下眉头，咬了咬牙，把她抱到床上躺下。她脸色苍白，而他的双颊，尽管晒黑了这时也是毫无血色。他站在她的身边，死盯着那个陶瓷旋钮。他们什么也没说，接着他看见她哭了。

"看在上帝的分上，别这样。"他急切地小声说，"如果倒霉，我们就认，咱们只有厚着脸皮撑下去。"

她找手帕，他看出了她的心思，便把她的手包递给了她。

"你的遮阳帽呢？"

"我忘在楼下了。"

"哦，天哪！"

"听我说，你冷静点。这个人不可能是沃尔特。他为什么这时候回来呢？他中午从来就没回过家，对不对？"

"对。"

"我敢和你打赌，赌什么都行，那个人就是女用人。"

她朝他微微笑了笑。他浑厚亲切的声音使她安定了下来，她拉着他的手，深情地紧紧地握着。他在等她自己镇静下来。

"听我说，我们不能老待在这儿。"他接着说，"你现在能到走廊上看看情况吗？"

"我想我还站不起来。"

"你这儿有白兰地吗？"

她摇了摇头。他皱了一下眉，脸阴沉下来，心里愈发烦躁，他不知该如何是好。突然，她把他的手抓得更紧了。

"要是他等在那儿怎么办？"

他勉强笑了笑，说话的语调还是那样温柔和有说服力，他对这种语调的效果深信不疑。

"太不可能了。拿出点勇气，吉蒂。怎么能是你丈夫呢？要是他回来了，看见大厅有一顶没见过的帽子，然后上楼来又发现你的房间紧锁，那他肯定会大喊大叫的。这事一定是哪个用人搞的，只有中国人才会这样拧手把。"

这时她才真正恢复过来。

"即便那人就是女用人也真够烦人的了。"

"给点钱就能把她搞定，如果必要的话，我会拿上帝来吓唬她。做一个政府官员虽没多少权势，但你想办成点事，还是不难的。"

他说得肯定对。她站起来，转身向他伸出了双臂。他把她搂在怀里，亲吻着她的嘴唇，可谓如痴如醉海枯石烂。她崇拜他。他放开了她，她走到窗前，拉开插闩，把百叶窗开个缝，向外瞧，一个人影也没有。她溜进走廊，向她丈夫的更衣室里张望，然后又看看自己的起居室，两个房间都是空的。她返回卧室，向他挥了挥手。

"没人。"

"我觉得，整个事情就是一种视觉上的错觉。"

"别笑。我吓坏了。到我的起居室坐会儿，我把长袜和鞋穿上。"

## 2

他按照她说的做了，五分钟后她又回到了他这儿。他正在吸香烟。

"我说，给我来点白兰地加苏打水，好吗？"

"好，我这就叫。"

"我说今天这事儿对你没什么伤害吧。"

他们默默地在等着男仆应答，她随后做了吩咐。

"你给实验室打个电话，问问沃尔特是不是在那儿，"接着她又说，"他们听不出你是谁。"

他拿起话筒，向她要了号码。他询问了费恩医生在不在，然后放下了话筒。

"他午饭后就不在了，"他告诉她，"问问那个男仆沃尔特是不是来过这儿。"

"我不敢。要是他来过，而我又没见着他，这该多可笑啊。"

男仆拿来饮料，汤森喝了起来。他让她也喝点，她摇了摇头。

"要真是沃尔特该怎么办？"她问道。

"或许他不在乎。"

"你说沃尔特吗？"

她的声调里充满怀疑。

"一直以来，我印象最深的就是，他这个人比较腼腆。你知道，有些男人经不起公开场合的吵闹。他很明白弄出丑闻对谁都没好处。我压根就不信那个人是沃尔特，话又说回来，就算是他，我感觉他也不会怎么样，只会置若罔闻罢了。"

她思忖了一会儿。

"他很爱我。"

"哦，那就更好了，你可以说服他。"

他向她笑了笑，这种迷人的微笑始终使她不可抗拒。那是来自清澈的蓝眼睛，而后沿着美观的嘴形一点点绽放的微笑。他满口小巧、整齐、洁白的牙齿。这种令人心醉的微笑使她身心交融。

"我不太在乎，"她心生一股愉悦，说道，"这样做值。"

"是我的错。"

"那你为什么来呢？看到你我很惊讶。"

"我情不自禁。"

"亲爱的。"

她向他靠了过去，一双闪亮的黑眸含情脉脉地盯着他的眼睛，欲望使她的双唇微微张开，他搂住了她。她激动地喘了口气便倒在了他的怀里。

"知道吗，你可以永远依靠我。"他说道。

"跟你在一起我非常快乐，我希望我能让你快乐，就像你让我快乐一样。"

"你不再害怕了吗？"

"我恨沃尔特。"她答道。

他无言以对，就又吻了她一下。她柔软的脸和他的脸贴到了一起。

这时，他抓起她戴着小金表的手腕，看了看时间。

"你知道我现在该干什么吗？"

"溜走？"她笑着说。

他点点头。她把他搂得更紧了，可感觉到他执意要走，就又放开了。

"你这样不顾及工作，真丢人。你走吧。"

他从来不会放过调情的机会。

"你好像巴不得马上甩掉我。"他漫不经心地说。

"你知道我舍不得你走。"

她的声音低沉、严肃。他受宠若惊地笑了笑。

"你那漂亮的小脑袋瓜不用担心那位神秘的来客。我打包票是女用人，而且如果真有什么麻烦，我保证你也不会有事的。"

"你有很多经验吗？"

他笑了，开心又得意。

"不，但是我认为我的智慧还是够用的。"

## 3

她来到走廊，看着他离开了房子，他向她挥了挥手。看着他，不禁有些激动。他已经四十一岁了，可身体轻盈，步伐跳跃，如同少年。

走廊笼罩在阴影下，她懒洋洋地在那里徘徊，爱情得到了满足，心情格外安逸。他们的房子坐落在欢乐谷，位于山的一侧。山顶上的房子更舒适，但价钱贵，他们支付不起。她的目光很少聚在蓝色的海洋和港口进出的船只上，她的情人占据了她全部的心思。

当然，这个下午他们已经做了蠢事，不过，他若是想追求她，她哪里还顾得谨慎小心呢？他已经来过两三次了，都在午饭后。在最炎热的时候，没人在室外走动，就连那些男仆都未曾见过他来过。在香港，做这种事很难。她不喜欢这座中国城市，她一走进位于维多利亚路尽头那个肮脏的小房——他们经常幽会的地方时，她就紧张不安。那是一家古玩店，店里四处落座的中国人死盯着她看，令人很不愉快。她讨厌那个一脸谄笑的老头，是他把她领到这个店的后面，再爬上一层昏暗的楼梯进入房间的。房间气味很难闻，靠墙的大木头床叫她不寒而栗。

"这里脏透了，不是吗？"她第一次在那里和查理幽会时就对他这样说。

"等你进来就好了。"他答道。

当然，当他把她抱在怀里的时候，她忘掉了一切。

啊，真烦人，她不自由，他俩都不自由！她不喜欢他的妻子。吉蒂凌乱的思绪这会儿落到了多萝西·汤森的身上。竟然叫多萝西，真不幸！这个名字使人显老。她至少三十八岁了，但查理从不提她。当然，他一点也不关心她，她让他烦得要死。可他是位绅士。吉蒂笑了笑，透出充满爱意的讽刺意味：就像他这样，愚蠢的老古董——本来对多萝西不忠，可嘴上却不会有一句轻蔑她的话。多萝西身材较高，比吉蒂高，不胖不瘦，满头浅褐色头发。她除了因为年轻才显得有那么点儿可爱之外，再不会有什么可爱之处了。她五官端正，并不出众，一双蓝眼睛，目光冷淡。她的皮肤你绝不想再看第二眼，面颊没有一丝血色。说到她的穿着——这个，倒也相配——像香港助理辅政司的妻子。吉蒂笑了笑，还微微耸了一下肩。

当然，谁都不能否认多萝西·汤森有一副悦耳动听的嗓音。她是位好母亲，查理总把这一点挂在嘴边，而且她还是吉蒂的母亲所说的那种淑女。但吉蒂不喜欢她，不喜欢她冷漠的态度；当你到她那儿喝茶或吃晚餐时，招待你的礼节能把你气死，因为她根本没把你当回事。实际上，吉蒂觉得，她唯一在乎的就是自己的孩子：她有两个儿子，在英格兰上学；还有一个儿子，六岁，她打算明年把他带回英国去。她的脸就是一张面具。她微笑，谈吐也优雅可人，符合其身份。尽管如此，她的热诚却让人敬而远之。在香港，她有几个闺蜜，她们也非常羡慕她。吉蒂很想知道汤森夫人是否认为自己出身平凡。她脸红了起来。归根结底，多萝西没有什么理由装腔作势。诚然，她的父亲一度官至殖民地总督，在位期间的确风光无限——他进入房间时，人人都起立。他乘车经过时，男士们要脱帽致意——但是一位退了休的殖民地总督还能有什么价值呢？多萝西·汤森的父亲栖身于伯爵府一间小房子里，靠养老金度日。吉蒂的母亲觉得让女儿去这种地方做客着实没什么意思。吉蒂的父亲叫伯纳德·贾斯汀，是一位英国王室的法律顾问，有朝一日，他必然会成为一名法官，毕竟他们住在南肯辛顿。

4

吉蒂结婚后来到香港，她发现很难接受的现实是——她的社会地位由她丈夫的职业决定。当然，大家一直非常友善，有两三个月的时间，他们几乎每晚都去赴宴。在总督府用餐时，总督待她如新娘。但是她很快便明白了，她作为政府雇用的细菌学家之妻，根本没有什么地位，这让她恼火。

"太荒唐了，"她对丈夫说，"唉，在这里你根本找不到一个值得让人请到家里待上五分钟的人，妈妈做梦也不会想到请他们中的任何人来家吃饭的。"

　　"你切不可为此烦恼，"他答道，"这其实并不重要，你知道。"

　　"当然不重要，只能说明他们有多愚蠢。不过，想到我们家曾高朋满座，而今我们竟被视为粪土一般，真是滑稽之至。"

　　"在交际场上，研究科学的人如同不存在似的。"他笑着说。

　　现在她明白了这一点，但嫁给他时却不知道。

　　"我才知道，被半岛东方轮船公司的代理邀请吃午饭会让我这么开心。"为了不让自己说的话显得势利，说完她大声笑了起来。

　　或许他觉察到了她故作轻松背后的责备，所以拉起她的手胆怯地握着。

　　"真抱歉，吉蒂，亲爱的，别为这事心烦了。"

　　"哦，我不会。"

5

　　那天下午的那个人不可能是沃尔特，一定是哪个仆人，其实他们不碍事。反正中国的仆人什么事情都知道，但是他们的嘴闭得很严。

她一想起白色陶瓷旋钮慢慢转动的情形，心跳就加速。他们切不可那样冒险了。最好还是去古玩店，不管是谁看见她进去也不会起疑心，在那儿他们绝对安全。

店主知道查理是谁，他还不至于傻到去揭助理辅政司的老底。只要查理爱她，其他还有什么可在乎的呢？

她回身离开走廊，回到自己的起居室。她往沙发上一躺，伸手拿了一根烟。她看见一张便条，放在一本书上。她打开便条，是用铅笔写的。


亲爱的吉蒂：

　　这是你想要的书。我刚想送去就碰上了费恩医生，他说他路过家门，顺便捎回去。


                                    V.H.


她按了一下铃，男仆上来后，她问他书是谁带来的，什么时候送来的。

“老爷带来的，夫人，在午饭后。”他答道。

看来是沃尔特。她马上给辅政司办公室打电话找查理，告诉他她刚刚得到的这个消息。他停顿了一下，没有说话。

“我该怎么办？”她问。

“我正在磋商一个重要的问题，恐怕现在无法回答你，我的建议是静观其变。”

她放下话筒，知道他脱不开身，可她无法忍受他的公事。

她又坐了下来，在桌子旁，双手托着脸，竭力想弄清楚目前的情况。或许沃尔特真以为她在睡觉，她完全有理由把门锁上。她尽力回忆他们是否说过话。他们肯定没大声说过话。还有那顶帽子，查理把它忘在了楼下，真是气死人。可埋怨他有什么用呢，这太正常了，况且也没有什么说明沃尔特看到了帽子。他可能匆匆忙忙放下书和便条就去约会了——与他工作相关的约会。奇怪的是他竟然想开门，然后又去开那两扇窗户。要是他认为她在睡觉，是不可能打扰她的。她真是愚蠢透顶！

她颤抖一下，又感觉到了内心那种甜蜜的痛苦，每当她想起查理时总有这种感觉。这么做值。他说过他永远支持她，如果出现最坏的情况，好吧，沃尔特愿意大吵大闹，就随他便吧。她有查理，她在乎什么呢？也许最好就是让他知道。她从没关心过沃尔特，自从她爱上查理·汤森，顺从丈夫的爱抚已让她感到厌烦无聊。她不想和他再有任何瓜葛。她看不出他怎么能拿出证据，如果他指责她，她就矢口否认。要是到了否认不了的地步，那好，她就和他摊牌，他想怎么办就怎么办。

## 6

结婚不到三个月，她认识到自己犯了个错。不过这事不全怪她，更怪她的妈妈。

房间里摆着一张她母亲的照片，吉蒂烦忧的目光正好落在照片上面。她搞不清楚她为什么把这张照片放在那儿，因为她不太喜欢她的母亲。屋里还有一张她父亲的照片，不过，是摆在楼下的大钢琴上。那是他被任命为王室律师顾问时拍的，他戴着假发、披着长袍。即便如此，这些行头也没能使他大放异彩。他身材矮小消瘦，眼神疲倦，双唇很薄且上唇偏长。诙谐的摄影师叫他笑一笑，可他却摆出了一脸的严肃相。一般来说，嘴角下垂、眼神忧郁使人有一种抑郁的神态。正因如此，贾斯汀太太认为这才使他看上去有正义之感，她才从众多的照片中选了这一张。至于她本人的照片，她的衣服是在丈夫荣升王室律师顾问后受邀进宫时穿的，一身天鹅绒长裙显得雍容华贵，长长的裙摆处理得恰到好处更显佳美；她头饰翎羽，手捧鲜花，身板挺拔。她年届五十，身材苗条，胸部扁平，颧骨突出，还有一个美观的大鼻子。她满头光滑柔顺的黑发，吉蒂一直怀疑这样的头发即便没染，至少也做了润饰。她那双好看的黑眼睛总是不停地在东瞧西看，这是她最显著的特征；因为你和她交谈时，她那双长在冷漠无情、没有皱纹的黄脸上的，捉摸不定的眼睛令人感到不安。那眼神先在你身上游走，再转到屋里的其他人身上，然后又回到你那儿；你会觉得她是在给你挑毛病，在给你下结论，与此同时，也没有放过她周围发生的一切，不过你还会觉得她嘴里说的和心里想的一点联系都没有。

7

贾斯汀太太是个冷酷无情的女人，爱管闲事，野心勃勃，吝啬小气，笨拙愚蠢。她是利物浦一位律师的五个女儿之一，伯纳德·贾斯汀是在北部巡回法庭时与她相识的。那时他风华正茂，前程似锦，她的父亲也说他大有作为。可是，他没有成功。他苦干、勤勉，又有能力，但没有上进心。贾斯汀太太看不起他，可又得不情愿地承认，她只能靠他才能出人头地，所以她想方设法逼他按照她的意愿行事。她对他唠叨不断，毫无怜悯。她发现，如果让他办的事他不愿意干，那她只有让他不得安生，弄得他精疲力竭，最终他还得屈服。她千方百计地结交可能有用之人。她对能介绍案子给她丈夫的律师阿谀奉承，与他们的夫人混得熟稔。她对法官和他们的夫人百般谄媚，她在前途无量的政治家身上煞费苦心。

二十五年来，贾斯汀太太从未因为喜欢谁而邀请他到府上吃饭。她每隔一段时间就举行大型的晚宴，但她非常吝啬，其程度不逊于野心。她不愿花钱，自诩和别人操办一样的盛会，她用一半的钱就行。她家的晚宴总是精心打造，虽时间冗长但节俭之至，而且她向来认为客人们在边吃边谈时，根本就不知道他们喝的是什么。她把起沫的摩泽尔白葡萄酒用餐巾包起来，认为客人们会把它当成香槟酒。

伯纳德·贾斯汀的事务所虽不大但还不错。一些开业比他晚的人远远超过了他。贾斯汀太太让他竞选议员，竞选费用由政党承担，但她的吝啬再次阻止了她的野心，她不可能让自己掏钱去讨好选民。伯纳德·贾斯汀向众多基金会捐赠的钱——候选人都应捐赠的——始终就差那么一点点，他落选了。若是能成为议员的妻子，这当然会使贾斯汀太太欣喜，但失望的现实她也得咬牙承受。她丈夫的参选使她结识了很多著名人物，使她的社会地位得到提高，这让她感到欣慰。她知道伯纳德根本就进不去国会，她要他拼争那两三个遥不可及的议员席位，目的是至少能赢得党内对他的感激。

然而他还是一位低级律师，而许多比他年轻的人却被任命为王室律师顾问了。他必须朝这个目标努力，不仅因为不这样他根本没希望当上法官，而且也是为了妻子——跟比她小十岁的女人一道赴宴使她感到很没面子。但就在这个问题上，她遇到了她丈夫的固执，这点是她多少年来一直不习惯的。他担心成为王室律师后，他会无事可做。他对她说，一鸟在手，胜于二鸟在林。她反唇相讥，说拿谚语说事是他理屈词穷的最后一招。他提醒她，他的收入有减半的可能，他知道这点对她来说更重要。她就是不听，说他是懦夫。她不让他安宁，最终，像往常一样，他还是屈服了。他申请担任王室律师顾问，很快便获得了批准。

他的担忧是有道理的。作为王室律师顾问，他的工作毫无进展，接的案子屈指可数。但他没有表露出来任何可能已感觉到的失望之情，就是怪罪妻子也隐藏于心。或许他变得更加沉默了，不过他在家一贯少言寡语，谁也没发现他的这一变化。他的女儿们从来就把他看作是挣钱的机器，为了她们吃好、住好、穿好、玩好，还有零花钱，他做牛做马好像就是天经地义的。如今她们明白，因为他的过错，钱来得比以前少了，所以她们在一贯对他漠不关心外，又多了一种恼怒的鄙视。她们从未扪心自问过这位顺从的矮小男人的内心感受是什么——每天清早出门，晚上准点回家更衣吃饭。对她们来说，他是个陌生人，但他是她们的父亲，爱她们、疼她们那是理所当然的。

*8*

　　贾斯汀太太有股令人钦佩的勇气。她的社交圈子是她生活的一切，她不会让圈里的任何人看出她的愿望受挫之后是怎样的窘迫。她丝毫没有改变她的生活方式。她精心筹划，摆出了一桌桌华丽的晚宴，一点不比从前的差；她依然愉悦欢快地会见朋友，这是她长久以来养成的心态。她确实有一套张口就来的闲聊本事，能在交际场所畅所欲言，在闲聊不起来的人群中，她是一位发挥重要作用的客人，随便一个新话题，她都会侃侃而谈，而且要是出现尴尬的冷场时，她完全能够引入适当的话题将其打破。

　　眼下，伯纳德·贾斯汀不再可能成为高级法院的法官了，但进入地方法院可能还有希望，最坏也能在殖民地谋个一官半职。同时，她满意地看到他受聘为威尔士一个城镇的刑事法官，但她还是把希望寄托在了女儿身上。她期望通过安排好女儿们的婚事，把她这辈子的所有失望弥补回来。她有两个女儿，吉蒂和多丽丝。多丽丝相貌平平，鼻子太长，身材粗笨，所以贾斯汀太太只能希望她嫁个职业合适、家境殷实的年轻人。

　　但吉蒂是个美人儿，她还是个孩子的时候就看出是个美人坯子：深色的大眼睛清澈活泼，褐色的鬈发透着一丝微红的光泽，精美的牙齿，细腻的皮肤。她的五官绝不是非常漂亮，下巴太方，鼻子太大，好在不像多丽丝的那么长。她的美貌很大程度仰仗她的年轻，因此贾斯汀太太意识到她必须在青春萌动之初嫁出去。她最初进入社交界时，的确是光彩夺目。她的皮肤依然是她的至美之处，长长睫毛下的双眸灿若星辰，非常动人，看着那双眼睛你会心头一惊。她快乐迷人，非常愿意取悦他人。贾斯汀太太在她身上倾注了所有的情感——那种严厉、胜任、精明的情感正是她擅长的。她有野心勃勃的梦想，她对女儿的期望不是美满的婚姻，而是精彩辉煌的婚姻。

吉蒂一直受着这样的熏陶——自己会出落成一个美女，而且她已看出母亲的野心，这正好合了她的心愿。她开始出现在世人面前，而贾斯汀太太是屡建奇功，使女儿多次受邀参加舞会，能与心仪的绅士们见面。吉蒂很成功。她美丽、风趣，很快就有十几位男士坠入爱河，不过没有一个合适的。吉蒂迷人而友好地与所有人交往，同时小心翼翼不承诺任何人。南肯辛顿的客厅一到礼拜天的下午就挤满了多情的年轻人，但是贾斯汀太太面带满意的冷笑，她注意到让那些人与吉蒂保持一段距离对她来说不费吹灰之力。吉蒂对跟他们打情骂俏有心理准备，而且从挑拨离间中取乐，一旦他们求婚——每个人都做过——她便圆滑而果断地拒绝他们。

她的第一个社交季过去了，没有遇到完美求婚者，第二季也是如此。但她年轻，还可以等。贾斯汀太太告诉朋友们，她认为女孩二十一岁就结婚，有点可惜了。然而第三年过去了，接着又是第四年。她以前的爱慕者中有两三个再次求婚，但他们还是一贫如洗。一两个比她小的男孩也求婚了，还有一位退休的印度文官，二等爵级司令勋章获得者，他有五十三岁了。吉蒂还在频繁地参加舞会，她去温布尔登和伦敦大板球场，还去阿斯科特赛马会和亨利皇家赛船会。她完全沉浸在享受之中，但还是没有地位和收入都令人满意的人向她求婚。贾斯汀太太渐渐坐不住了，她发现吉蒂开始吸引四十岁以上的男人。她提醒女儿，再过一两年她就会青春不再，而年轻姑娘会层出不穷。贾斯汀太太在家人面前说话不卖关子直来直去，她尖锐地警告女儿她会失去行情的。

　　吉蒂耸了耸肩。她觉得自己美颜依旧，或许更漂亮了，因为在过去的四年里她学会了如何穿衣打扮，况且她还有足够的时间。如果她只是为了结婚而结婚，那马上有一打的男孩抢这个机会。当然，合适的人早晚会出现的。但贾斯汀太太更精明地在审时度势，因为这位漂亮女儿一味地错失机会，让她心里生气，她把标准降低了一点儿。她又转向了自己曾傲慢地嘲笑过的职业阶层，寻找一位她确信有前途的年轻律师或商人。

　　吉蒂二十五岁了，还没有结婚。贾斯汀太太十分恼怒，经常毫不犹豫地甩给吉蒂一句她自己非常不顺心的心里话，她问吉蒂还想让她的爸爸养她多久。他已经花掉了他难以承担的钱，为的是给她创造一个机会，而她没有抓住这个机会。贾斯汀太太从未想过，也许是她令人难以忍受的殷勤吓跑了这些人，她过分地热情地邀请富贾贵爵的儿子来访。她把吉蒂的失败归因于愚蠢。于是多丽丝亮相了。她的鼻子还很长，身材也不好，舞跳得也差。她在第一个社交季里就和杰弗里·丹尼森订了婚。他是一位富裕的外科医生的独生子，这位外科医生曾在战争期间被封为准男爵。杰弗里会继承这一封号——虽说医疗准男爵并非多尊贵，但是，谢天谢地，封号就是封号——还会继承一笔非常富足的财富。

吉蒂惊慌地嫁给了沃尔特·费恩。

9

她认识他时间不长，也从未注意过他。她记不得他们第一次见面是在何时何地，直到订婚后他告诉她那是在一场舞会上，是几个朋友把他拉去的。当然，那时她不会注意他的，如果和他跳了舞，那也是因为她脾气好，她愿意和任何请她的人跳舞。一两天后，在另一场舞会上，他上来和她搭讪，这时她也不知他是谁。后来，她才注意到她参加的每场舞会他都在场。

"你知道，到目前为止我和你至少跳了十多次舞，你得告诉我一声你的名字吧。"她终于笑着对他说。

他明显很惊讶。

"你是说你不知道我的名字？别人向你介绍过我。"

"哦，有些人说话总是含糊其辞，如果你压根也不知道我的名字，我一点不会惊奇。"

他对她微微一笑。他脸色严肃，甚至有点严厉，但他的微笑非常甜蜜。

"我当然知道你的名字。"他沉默了一会儿，"你没有好奇心吗？"他接着问道。

"和大多数女人差不多。"

"你没想过问问别人我的名字吗？"

她觉得有点可笑，她纳闷儿他怎么会认为他的名字能使她感兴趣呢。不过她乐意取悦别人，所以她朝他露出了迷人的微笑，而且她那漂亮的眼睛——如同树林下一池露水——饱含一股妩媚的亲情。

"噢，你叫什么名字？"

"沃尔特·费恩。"

她不知道他为什么参加舞会，他舞跳得不好，而且好像也不认识几个人。她有过一闪念，他爱上了她。但是她耸了耸肩打消了这个念头。她知道有些女孩认为她们遇见的每个男人都会爱上她们，可她一直觉得她们很荒唐。不过，她只是更多一点地注意沃尔特了。当然，他的行为不像其他爱上她的年轻人。他们大多数非常真诚地向她表白，还想亲吻她，很多人的确那样做了。但是沃尔特·费恩从不谈论她，也很少说自己。他十分寡言少语，她倒不介意这点，因为她的话滔滔不绝，而且看到他被她的笑话逗乐，她感到惬意。但是他说起话来并不愚蠢，明显是生性害羞。他好像住在东方，现在是在家休假。

一个星期天的下午，他出现在南肯辛顿吉蒂的家里。那时有十几个人，他坐了一会儿，感到有些拘束，然后就走了。她母亲后来问她那人是谁。

"我不知道，你请他来了吗？"

"是的，我第一次遇见他是在巴德利家，他说他在不同的舞会上看见过你，我说我礼拜天总在家。"

"他叫费恩，在东方谋了个什么差事。"

"对，他是个医生。他爱上你了吗？"

"我发誓，不知道！"

"我原以为到如今你能看出来哪个年轻男人爱上了你。"

"就算他爱上我，我也不会嫁给他。"吉蒂轻蔑地说。贾斯汀太太没有吱声，她的沉默中满是不快。吉蒂脸红了，她知道她的母亲现在已不在乎她嫁给谁了，不管怎么样，只要不用母亲管了就成。

在接下来的一个礼拜中，她在三次舞会上遇见了他，这时也许他的羞怯在逐渐消失，话也多了起来。他是一位医生，的确，但并不出诊；他是一名细菌学家（吉蒂对这个称呼的内涵很模糊），在香港工作。他要在秋天回香港，他谈了很多关于中国的事情。她总是对别人的谈话显得感兴趣，不过香港的生活听起来的确令人很愉快；那里有俱乐部、网球场、赛马场、马球场和高尔夫球场。

"那儿的人经常跳舞吗？"

"哦，是的，我觉得是。"

她很想知道他告诉她这些是否有目的。他似乎喜欢和她交往，但从不采取一种动作、一个眼神或一句话做出一点暗示，他只把她当作一位遇到并一起跳舞的女孩。接下来的那个礼拜天，他又登门拜访。她的父亲刚好进屋，因为下雨了，他不能去打高尔夫球了。他跟沃尔特·费恩聊了很长时间。后来她问她父亲，他们谈了些什么。

"他好像常驻香港，那儿的首席法官是我在律师界的一位老朋友。他看上去是个非常睿智的年轻人。"

她知道父亲通常对年轻人烦得要死，为了她——现在又为了她妹妹——多年来一直被迫招待他们。

"你不大喜欢追求我的那些年轻人，爸爸。"她说。

他用仁慈、疲倦的眼睛看着她。

"你能嫁给他吗？"

"当然不会。"

"他爱上你了吗？"

"他没什么表示。"

"你喜欢他吗？"

"我想不太喜欢，他使我感到有点烦。"

他根本不是她喜欢的类型。他个头不高，也不强壮，瘦弱单薄。他皮肤发黑，不留胡子，面部五官端正，轮廓分明。他的眼睛差不多是黑色的，但不大，目光呆滞，落在物体上，就死盯着不放，眼神好奇但令人感到很不舒服。他鼻子挺拔精巧、眉毛清秀、嘴形优美，本应该很好看，但奇怪得很，他并不好看。当吉蒂细细品味他时，这才感到他的五官要是单独看上去竟相当英俊。他的表情微带嘲讽，而吉蒂在比较熟悉他后，意识到与他相处不自在，他缺少快乐。

到这个社交季即将结束时，他们已经见了很多次面了，但他还是老样子：淡漠和难以捉摸。他跟她在一起已不再害羞了，可还是局促不安，他说起话来还是令人费解，缺少人情味。吉蒂得出结论：他一点没爱上她，只是喜欢她，觉得和她交谈很容易，等他十一月份回中国，就不会再想她了。她觉得没准他早就和香港医院里的某个护士订了婚，可能是个传教士的女儿，迟钝、平庸、粗壮而且很笨，这样的人正适合做他的妻子。

于是，多丽丝和杰弗里·丹尼森宣布订婚。多丽丝十八岁，嫁给了如意郎君，而她吉蒂二十五岁，还是单身。万一她嫁不出去怎么办呢？这一社交季唯一向她求婚的人是个二十岁的男孩，就读牛津大学，她不会嫁给一个比自己小五岁的男孩。她已经搞砸了很多事情。去年她拒绝了一位丧妻的巴斯骑士，他有三个孩子，她差一点儿就同意了。现在母亲肯定很可怕，而多丽丝呢，为了让吉蒂找到杰出的郎君，她始终在做出牺牲，如今一定会对吉蒂幸灾乐祸的。吉蒂感到沮丧。

*11*

一天下午，她正从哈罗德百货步行回家，碰巧在布朗普顿路遇到了沃尔特·费恩。他停下来跟她说话。然后，他随意地问她是否愿意和他在公园里转转。她正好不是特别想回家，在那个时候，家也不是个非常令人愉快的地方。他们一起漫步，像以往那样交谈聊着闲事，他问她夏天准备到哪里去度假。

"哦，我们一直隐居在乡下。你知道，父亲工作一段时期后，会筋疲力尽，所以我们只去能找到的最安静的地方。"

吉蒂在说假话，因为她十分清楚她父亲的工作根本没有使他到疲倦的地步，即便是真的，也不会为了他的健康而选择度假，不过安静的地方价钱便宜。

"你不觉得那些椅子很诱人吗？"沃尔特突然说。

她顺着他的目光望去，草地上一棵树下有两把绿色椅子。

"那我们坐上去吧。"她说。

可当他们落座后，他好像又莫名其妙地魂不守舍起来，真是个怪物。不过她仍旧非常愉快地聊着，心里却想知道他邀请她来公园散步的目的。也许他要向她吐露他对香港那位笨拙护士的强烈感情。他突然转向她，打断了她没有说完的话，她这才看出他一直没听她在说什么，而且脸色煞白。

"我想跟你说件事。"

她很快地看了他一眼，她看到他的眼里充满了一种痛苦的渴望。他的声音紧张、低沉、不太镇定。还没等她想明白他为何那样激动，他又开口了。

"我想问你愿不愿意嫁给我。"

"你可吓坏我了。"她答道，她惊奇地、呆呆地看着他。

"你不知道我非常地爱你吗？"

"你从没表示过。"

"我笨嘴拙舌，我一直觉得心里话很难说出口，不是心里话反倒容易说。"

她的心跳开始加快了，以前很多人向她求过婚，但都兴高采烈或热情洋溢，她都用同一种方式做了回答。还没有人以如此唐突而又异常痛苦的方式向她求婚。

"你真好。"她怀疑地说。

"我第一次见到你就爱上了你，以前想向你求婚，但一直都拿不出勇气。"

"我拿不准你这样说好不好。"她咯咯地笑了。

她很高兴能有机会笑一下，因为那天风和日丽，而他们周围的气氛却一下子沉重起来，有种不祥之兆。他阴郁地皱起了眉头。

"哦，你知道我的意思，我不想失去希望。可现在你要走，而我秋天就要回中国。"

"我从未对你有过那种想法。"她无奈地说。

他没再说话，闷闷不乐地低头看着草地。他真是个怪物，不过既然他已求婚，她也有一种说不出来的感觉：他的爱是她以前从没有碰到过的。她有点吃惊，但也很得意。他的泰然自若隐约地给人深刻的印象。

"你得给我时间考虑。"

他还是没有说什么，也没有动。他是要等她做出决定吗？

那太荒唐了。她得跟母亲商量。她刚才说话时本该站起来，她在等，以为他能回话，可现在，她也不知为什么她觉得再动一动很难了。她没有看他，却意识到了他的表情，她从来没有想过自己嫁给一个比自己就高那么一点的男人。当你坐在他身边时，你会发现他的容貌多么好看，脸色多么冷漠。很怪，你不禁会意识到他心里涌动着的那种强烈的激情。

"我不了解你，我根本就不了解你。"她颤抖地说。

他看了她一眼，她感到她的眼睛被他的眼神所吸引。他的眼神款款柔情，她从未见过，不过眼神里含有恳求，就像挨了鞭子的狗的眼神，这使她有点恼火。

"我想熟悉了以后，我会更好的。"他说。

"你肯定是害羞了，是吗？"

这确实是她经历过最古怪的求婚了。即使到现在，她似乎还觉得他们相互说的话是那种场合最不该说的。她一点儿不爱他，也不知道为什么自己没有毫不犹豫地拒绝他。

"我太笨了。"他说，"我想告诉你我爱你胜过世界上的一切，可我还是觉得很难开口。"

事情到了这步，也怪了，他的话竟然莫名其妙地感动了她；他不完全是冷漠，只不过是不会交际，那一刻她觉得自己比以前任何时候都喜欢他。多丽丝十一月就要结婚了，他那时会在去中国的途中，如果她嫁给他，她就会和他一起去。在多丽丝婚礼上当个伴娘不是什么好事，她愿意躲开婚礼。到那时，多丽丝结了婚，而她还是单身！大家都知道多丽丝有多年轻，这样使她显得更老，如此一来，也就没有人理她了。她嫁给沃尔特并不算美满婚姻，但毕竟结婚了，况且她居住在中国会使一切变得容易些。她害怕她妈妈那张刻薄的嘴。是啊，跟她一起社交的那些女孩早就结婚了，大多数都有孩子了，她不愿去见她们并唠叨孩子的事。沃尔特·费恩给她提供了一种新的生活。她转向了他，脸上露出了微笑，她很清楚这微笑的效果。

"假如我这样轻率地答应嫁给你，你想什么时候娶我？"

他高兴地猛喘了一口气，苍白的面颊红了起来。

"现在，马上，越快越好。我们去意大利度蜜月，八月和九月。"

那她就不用一周花五基尼和父母一起到乡间小屋度暑假了。一瞬间，她的脑海里浮现出了《邮政晨报》上的通告：新郎即将返回东方，婚礼马上举行。她很清楚，她母亲还指望她轰动一把。目前多丽丝的婚礼还在筹备中，等多丽丝那场非常隆重的婚礼举办时，她早已远走高飞了。

她伸出了一只手。

"我想我非常喜欢你，你得给我时间适应你。"

"那么说，你答应了？"他打断了她的话。

"我想是的。"

## 12

当时她几乎不了解他，尽管他们结婚已经近两年了，她对他还是知道得很少。最初他的善良打动了她，他的激情使她受宠若惊。他极其体贴，无微不至的关心使她舒适。她只要开口，他会马上满足要求。他经常地送她小礼物。她偶尔病了，他比谁都更关心和体贴。她要是给他机会去做她不愿做的事，那简直就是对他的恩典。他对她总是特别客气：她一进门，他就会站起来；她要下车，他会伸手搀扶；如果他碰巧在街上遇见她，他就会脱帽致敬；她要出门，他就会马上为她开门；进入她的卧室和化妆室之前，他都先敲门。他对待吉蒂不像她见过的大多数男人对待他们的妻子那样，倒好像她是乡间别墅里的客人。这令人感到愉悦，不过却有点滑稽。如果他更随意一点，她会觉得跟他在一起能更舒服自在些，他们的夫妻关系也没有使她跟他更亲近。他总是热情、暴躁，还有点古怪的歇斯底里，而且多愁善感。

认识到他真的很情绪化使她困惑不安。他的自控力是由于害羞还是长时间的教养，她弄不清是哪一种；当她躺在他的怀里，使他的欲望得到满足时，他这个不敢说荒唐话、不敢做荒唐事的人，竟会用那种对婴儿的口气说话，她似乎有点瞧不上他。有一次她狠狠地得罪了他：她讥笑并告诉他，他所说的都是最可怕的胡说八道。她感觉到他搂着她的胳膊松软了下来，他沉默一会儿，然后一句话也没说地放开了她，走进自己的卧室。她不想伤他的感情，一两天后对他说："你这个傻家伙，我没有介意你跟我说的那些废话。"他害羞地笑了笑。

她很快发现他有一个令人不愉快的缺陷，就是不能融入他人的圈子。他很难为情。如果有聚会，大家都唱起歌来，沃尔特是绝不会参加的。他坐在那儿，面带微笑，为了表明他高兴和愉悦，但他的笑是装出来的，更像是一种讽刺的假笑，使你不禁觉得在他眼里所有那些自娱自乐的人是一群傻瓜。他不会去玩圆桌游戏，而吉蒂觉得这种游戏非常逗乐并兴致勃勃地参加。在去中国途中的化装舞会上，其他所有人都穿上了化装舞会所穿的服装，而他却断然拒绝。很明显，他觉得这些都无聊之至，这使吉蒂大为扫兴。

吉蒂生性活泼，她愿意喋喋不休一整天，而且爱笑。他的沉默使她困惑不安。他从不回应她说的一些闲话，这让她恼火。的确这些话不需要回答，但是有个回声总会令人愉快的。如果下雨了，她说："这雨下得很大。"她真希望他会说："是的，不是吗？"可他还是沉默不语，有时她真想去摇晃他一下。

"我说这雨下得很大。"她重复了一遍。

"我听到了。"他答道，脸上带着深情的微笑。

这表明他不想惹她生气，他不说话是因为他无话可说。但是吉蒂含笑在想，如果谁都等有话可说的时候才开口，人类将很快就不会讲话了。

13

当然，事实是他毫无魅力，因此他不受欢迎，她到香港没多久就发现了这一点。她对他的工作依然知之甚少，但她认识到作为政府的细菌学家根本不是什么大人物这一点就足够了，而且她对此非常清楚。他好像无意跟她谈论工作方面的事，因为起初她愿意对任何事情感兴趣，也问过他工作的事，他说句笑话给搪塞过去了。

"很枯燥和专业，"还有一次他说，"而且薪水很低。"

他很矜持。她所了解的所有关于他的祖先、他的生日、他的教育以及遇见她之前的生活情况，都是她直接问出来的。很怪，他最烦的事情好像就是别人问他问题，出于天生的好奇，她连珠炮似的问了他一些问题，他的回答一个比一个更唐突生硬。她能看得出他不愿回答不是因为有什么事要瞒着她，只是他天性封闭。谈论自己让他厌烦、使他害羞和不自在，他不知道如何豁达开放。他喜欢阅读，但是他读的书在吉蒂看来索然无味。如果他不忙于写科学论文，就去看看有关中国或历史的书。他从不松懈，她觉得他不会放松自己。他喜欢竞技游戏，打网球和桥牌。

她想知道他为什么爱上自己。她想不出来还有谁比她更不适合这个内敛、冷漠、自制的男人。然而他的确疯狂地爱她，他愿意做任何事情取悦她。他完全受她的摆布。她一回想起他展示给她的只是她早已看到的一面，就有点鄙视他。她怀疑他的讽刺态度以及他对她羡慕的人和事抱有的轻蔑宽容，只是一个幌子，用以掩盖心灵深处的虚弱。她认为他够聪明，大家似乎也认同，可是除了很少几次和他喜欢的两三个人在一块心情舒畅外，她就再也没见到他高高兴兴的样子。她不是觉得他无聊，而是对他漠不关心。


14


尽管吉蒂在不同的茶会上见过查理·汤森的妻子，但见到汤森本人还是在她来香港几周之后，她是在随丈夫到他家吃饭时被介绍给他的，当时吉蒂怀有戒心。查理·汤森是助理辅政司，但吉蒂不想让他利用自己以摆出一副屈尊俯就的样子，这一套她在汤森夫人身上看得一清二楚，尽管汤森夫人举止优雅。汤森家的客厅十分宽敞，摆设如同她去过的所有香港人家一样，风格朴素舒适。这是一场大型聚会。他们是最后来的客人，进门时，身着制服的中国仆人们正在为客人送上鸡尾酒和橄榄酒。汤森夫人漫不经心地与他们打了招呼，看了一下名单后告诉沃尔特要和谁一起进餐。

吉蒂看到一个高大英俊的男人走上前来。

"这是我丈夫。"

"我将非常荣幸地坐在你们旁边。"他说。

她顿时感到轻松了下来，内心的敌意烟消云散。尽管他的眼神在微笑，但她从中却看到了一闪的惊讶，她完全明白这一点，这使她不禁笑了起来。

"我不可能吃下任何东西了，"他说，"就算我知道多萝西的这顿晚餐美味至极。"

"为什么不能呢？"

"本应该有人告诉我，确实应该有人提醒我一声。"

"什么事？"

"谁都没提一个字，我怎会知道将和一位绝色美人相会。"

"我该说什么回答你呢？"

"什么也不要说，我来说，我会反反复复地说。"

吉蒂并不为之所动，而是想知道他的妻子究竟告诉他了什么有关她的事情。他一定问过她。汤森低头看着吉蒂，眼里满是笑容，他突然想了起来。

"她长得什么样？"当他的妻子告诉他说她遇见了费恩医生的新娘子时，他问过。

"哦，挺好看的小女人，像个演员。"

"她当过演员？"

"哦，不，我想不会。她父亲是个医生或者律师什么的，我觉得我们该请他们来吃顿晚餐。"

"不着急，不是吗？"

汤森和吉蒂并排坐在餐桌旁时，他告诉她自从沃尔特到殖民地时起，他就认识他了。

"我们一起玩桥牌，他无疑是俱乐部里玩得最好的。"

她在回去的路上把这话告诉了沃尔特。

"那不算什么，你知道。"

"他玩得怎么样？"

"不错，如果牌好，他玩得非常好。但是要是牌不好，他玩得一塌糊涂。"

"他玩得和你一样好吗？"

"我很清楚自己的牌技，在二流水平中算玩得不错的。汤森觉得他是一流牌手，其实算不上。"

"你不喜欢他吗？"

"我既不喜欢也不讨厌他，我相信他工作做得不错，而且大家都说他是一名优秀运动员，我对他不是很感兴趣。"

沃尔特的中庸态度已经不是第一次激怒她了。她问自己，有必要如此谨慎吗？你要么喜欢要么不喜欢。她就非常喜欢查理·汤森了，这是她没有想到的。他可能是殖民地最受欢迎的人。据说现任辅政司很快要退休，每个人都希望汤森接任。他打网球、马球和高尔夫球，还养了几匹赛马。他始终愿意施人以恩惠，从不让繁文缛节妨碍自己，他也没有架子。吉蒂不知道自己以前为什么不愿意听别人夸他，却想当然认为他一定非常自负。她这可愚蠢透顶了，这点是最不该指责他的。

　　那个晚上她过得非常愉快。他们谈到伦敦的剧院、阿斯科特的赛马场、考斯的赛艇会以及她知道的所有事情，就好像她真的在伦诺克斯花园某个漂亮的官邸里和他见过。后来，当男士吃过饭都去客厅时，他走了过来再次坐在她身旁。尽管他没说什么非常逗乐的事情，还是使她哈哈大笑，一定是他说话的方式。深沉浑厚的嗓音中充满爱抚的回声，亲切闪光的蓝眼睛里含有悦人的神色，使你感到和他在一起非常惬意。当然，他有魅力，因此非常讨人喜欢。

　　他个子高，她认为至少有六英尺二英寸，而且体型漂亮，很显然他身体状况非常好，身上没有一点赘肉。他穿着考究，是房间里最会打扮的男士，他的衣服非常得体。她喜欢男人衣着整洁。她的眼光落到了沃尔特身上，他真该打扮得更好一点。她注意到汤森袖口的纽扣和马甲的纽扣，她曾在卡地亚珠宝店见过类似的。当然汤森家族家道殷实。他的脸虽然被太阳晒得黝黑，但面颊不失健康的肤色。她喜欢他那绺整齐的卷毛小胡子，没有盖住他那丰满红润的嘴唇。他一头乌发，不长但梳理得非常光滑。当然，最好看的地方是他浓眉下的那双眼睛：清澈瓦蓝，饱含亲切的笑意，使你相信他性情甜蜜可爱。长着这样一双蓝眼睛的男人怎能忍心去伤害任何人呢。

她确信她给他留下了深刻印象。就算他嘴上没有向她表白什么甜言蜜语，他那双含情脉脉的眼睛也露出了某些真相。他的气度悠闲，令人愉悦，毫不做作。吉蒂对这种情形再熟悉不过了。他们谈话的主题是诙谐有趣的玩笑，其间他不时来几句恰到好处的恭维话，这令吉蒂感到钦佩。她和他离别握手时，他使劲握了一下她的手，她不会不明白的。

"我希望很快再见到你。"他随口说，但他的眼神使这句话赋予了另一层意思，她肯定会心知肚明的。

"香港很小，不是吗？"她说。

15

当时谁会想到还不到三个月，他们就发展到了这种关系？他后来告诉她，第一次见面的那个晚上，他就迷恋上了她。她是他见过的最漂亮的女人。他记得她当晚穿的衣服：那是她的结婚礼服。他还说她看上去就像幽谷百合。在他告诉她之前，她就知道他爱上了她，不过她有点害怕，与他保持着距离。他冲动，所以事情很难办。她不敢让他吻她，因为一想到被他搂在怀里，她的心脏就跳得飞快。她以前从未恋爱过，这种体验妙极了。当她尝到了爱情的滋味时，却突然对沃尔特给她的爱情感到了同情。她以开玩笑的方式取笑沃尔特，却发现他并不反感。也许以前她有点怕他，但现在信心更足了。她拿他逗乐，看到他领会了她的玩笑，脸上露出天然的微笑时，她非常开心。他被搞得又惊又喜。她认为总有一天他会变得很有人情味的。既然她已经体会到了激情的滋味，所以她改变了手法，对他的情感欲擒故纵，就像一位竖琴师用手指划过琴弦一样。看到他被她搞得晕头转向、不知所措，她哈哈大笑。

　　当查理成为她的情人后，她和沃尔特之间的情形似乎极其荒诞。她一看到他一脸的庄重自制就忍不住发笑。她太高兴了以至于感觉不到这样对他不厚道。毕竟，要不是沃尔特，她绝不会认识查理的。在迈出最后一步之前，她犹豫了一段时间，这不是因为她不想屈服查理的激情，她的激情不在查理之下，而是因为她的教养和她生活中的所有礼仪习俗。他们最终走到一起完全出于偶然，机遇已摆在了他们的面前，他们俩才看到。后来她惊奇地发现她和以前没有一点不一样。她原想在她身上怎么也会引起——她说不出来的——些许奇异的变化，以致她觉得自己会变成另外一个人。但是当她偶然照镜子时，她看到镜子里的那个女人和前一天的毫无二致，这使她感到困惑了。

"你生我的气吗？"他问她。

"我崇拜你。"她小声说。

"你不觉得你浪费了那么多时间很傻吗？"

"我是个十足的大傻瓜。"

*16*

她的幸福——有时她几乎难以承受——使她的美丽重新绽放。就在她结婚之前，她已显得疲惫憔悴，少女的清纯渐渐褪去。一些不厚道的人说她正在日益凋零。然而二十五岁的姑娘和同龄的少妇之间有着天壤之别。结婚前，她像一朵玫瑰花蕾，花瓣边缘开始泛黄，而结婚后，她突然成了一枝盛开的玫瑰。她的眼睛星光灿烂、款款深情。她的肌肤（这点一直是她最为骄傲，也是最悉心呵护的）光彩照人：不能把它比作桃子或者鲜花，而是要和它们争艳媲美。她看上去又回到了十八岁，达到了激情四射、魅力诱人的顶峰。人们不议论是不可能的，她的女友们还善意地悄悄问她是否打算要个孩子。一些冷漠的人曾说她不过是一个长鼻子的漂亮女人，现在也不得不承认他们看错了她。她就是查理第一次见她时所说的那种"绝世美人"。

他们的幽会进行得井井有条。他跟她说他肩膀宽阔（"我不想让你炫耀你的身材。"她轻轻地打断他），他不在乎这些。但为了她，他们绝不能冒一丁点风险。他们不能经常单独见面，对他来说次数远远不够，但是他得为她着想，有时在那家古董店，偶尔午饭后没有人的时候在她房间。不过她经常在各种不同的场合见到他。那时她看到他正经八百地跟她说话，她很开心，因为他总是热情洋溢地用同一方式对待任何人。大家听到他用迷人的幽默跟她开玩笑时，谁能想到不久前他还把她多情地搂在了怀里。

她崇拜他。他打马球时，身着白色的马裤，脚蹬漂亮的长筒靴，英俊潇洒。他穿上网球服看上去就是一个小伙子。当然他的身材也值得他骄傲：这是她见过最棒的。他煞费苦心地保持着体形，从不吃面包、土豆和黄油，而且做大量的运动。她欣赏他对手的呵护，一周修剪一次指甲。他是一位出色的运动员，一年前曾荣获当地的网球赛冠军。他一定是她遇到的最佳舞伴，与他共舞如坠梦境。没人会觉得他年届四十，她对他说连她都不信。

"我觉得这纯是虚张声势，你实际才二十五岁。"

他笑了，心满意足。

"哦，亲爱的，我已是中年绅士，有个十五岁的儿子，再过两三年也就变成胖老头子了。"

"你就是活到一百岁，也一样可爱。"

她喜欢他那浓浓的黑眉毛，她怀疑是否就是这对眉毛使他的蓝眼睛增添了诱人的魅力。

他多才多艺。他钢琴弹得相当好，当然是拉格泰姆；他还会唱滑稽歌曲，嗓音圆润，诙谐幽默。她认为没有他不能做的事。他工作也非常得心应手，他告诉她他曾完成了某项困难工作而受到总督的特别祝贺，她分享了他的快乐。

"不是我夸口，"他笑了笑，眼里充满了对她的爱慕，"司里还没有人能做得比我更好。"

唉，她多希望她是他的妻子而不是沃尔特的！

*17*

当然还不能确定沃尔特是否知道真相，如果他不知道，也许维持现状是最好的，免得弄巧成拙。但如果他发现了，噢，说到底，对大家都是件好事。起初，就算她不满意只能偷偷摸摸地见查理，可至少还是那么做了。但随着时间的流逝，她的激情愈发强烈，她越来越无法忍受阻止他们长相厮守的那些障碍。他不止一次向她表白，他痛恨他的身份使他不得不谨小慎微，他诅咒束缚他的枷锁，也诅咒束缚她的枷锁。他说，如果他们俩都自由的话，那简直美极了！她明白他的意思，谁都不想出丑闻，况且在你改变自己的生活方向前，是需要好好考虑一番的。不过，假如自由突然砸在他们的头上，啊，那时，一切该有多简单啊！

看来谁也不会遭受太大的痛苦。她心里很清楚他跟妻子的关系。他妻子是个冷漠的女人，多年来他们之间没有爱情，把他们维系在一起的是习惯、便利，当然还有孩子。吉蒂的情况比查理复杂，沃尔特爱她，还好，他一门心思地钻研工作。男人总有俱乐部可去；最初他可能心烦，但会挺过来的，他完全有理由娶别人。查理跟她说过，他弄不明白她怎么竟把自己托付给了沃尔特·费恩。

她有点纳闷也觉得有点好笑，为什么刚才她吓得要命，生怕沃尔特抓到他们呢。看到门把手慢慢地转动的确吓人一跳，不过他们毕竟知道沃尔特能做的最坏举动，所以做好了准备。查理将像她那样如释重负，因为他们俩最渴望的事情竟如此降临在他们的头上。

沃尔特是个绅士，说句公道话，她得承认这一点，而且他还爱她；他会做出正确的选择，允许她和他离婚。他们的结合已经做错了，幸运的是他们发现这点还为时不晚。她决心说出她要对他说的话以及怎样对待他。她会语气和蔼，面带微笑，态度坚定。他们没必要争吵，以后她会始终乐意见他，她真诚地希望他们一起度过的两年时光会留给他无比珍贵的记忆。

"我看多萝西·汤森一点不介意和查理离婚。"她想，"现在，她最小的儿子就要回英格兰，她一块回去太好不过了，她在香港完全没什么事可做，她能和孩子们度过所有的假期，况且她的父母也都在英格兰。"

事情会极其简单，一切都能妥善地处理，没有丑闻，不伤和气，然后她和查理就能结婚了，吉蒂长长叹了一口气。他们会很幸福，为达这一目的，经历一些磕磕绊绊是值得的。一幅幅画面呈现在她的脑海里，她稀里糊涂地想到他们将在一起的生活、他们将拥有的快乐、他们将一起进行的郊游、他们将住的房子、他将荣升的职位和她将成为他的贤内助。他将为她而骄傲，而她崇拜他。

然而，一股恐惧穿过了这些白日梦。这种感觉很奇异：仿佛管弦乐队的木管和弦乐器在演奏优美的田园曲，而低音部的鼓声发出一阵阵冷酷的节奏，轻柔却掺杂不祥。沃尔特迟早得回家，一想要见到他，她的心跳就加快。很怪，那天下午他一句话没说就走了。当然她并不是怕他，他也做不出什么来，她反复对自己说；她心中的不安却很难完全消除。她把要对他说的话又重复了一遍。吵架有什么用呢？她很抱歉，上天知道她不想给他造成痛苦，可她不爱他，又能怎么办呢？装是毫无益处的，最好还是告诉他真相。她希望他不会难过，既然他们结合已经是个错误了，唯一明智的做法就是承认它。她会永远念着他的好。

就在她念叨时，突然一股恐惧使她的手心冒出了汗。正因为她感到恐惧，才愈发生他的气。如果他想闹，那是他自己的事，如果闹的结果他没有料到，他也不必见怪。她要告诉他，她从来就没在乎过他，结婚后她没有一天不后悔的。他枯燥乏味，哦，真让她厌烦、厌烦、厌烦！他自命不凡，认为自己比别人强很多，这很可笑。他没有一点幽默感，她讨厌他目空一切的派头，讨厌他的冷漠和自制。当你对任何人任何事都不感兴趣只欣赏你自己时，也就能轻而易举地自制了。她厌恶他，不愿让他吻她。他有什么可自以为是的呢？他舞跳得很糟糕，在晚会上尽扫别人的兴，既不会唱歌也不会弹奏，不会打马球，网球打得也不比别人好。桥牌？谁稀罕桥牌呢？

吉蒂愈发生气，顿时怒火冲天。看他胆敢责备她，这一切都是他的错。他终于知道了真相，这让她感到欣慰。她恨他，希望别再见到他。是的，她很欣慰，一切都结束了。他为什么不能放开她呢？他已经缠着她嫁给了他，现在她受够了。

"受够了。"她大声重复着，气得浑身发抖。"受够啦！受够啦！"

她听到汽车停在了他们家花园的门口，他正在上楼梯。

*18*

　　他进了屋。她的心脏在狂跳，两只手在颤抖，幸好她躺在沙发上。她拿着一本打开的书，好像一直在读。他在门口停了一下，他们的目光相遇了。她心里一沉，忽然感到一股寒意传遍四肢，她颤抖一下。她的这种感觉如同人们描绘的那样——有人在你的坟墓上走过。他的脸色煞白，以前她见过一次，那是他们坐在公园里，他向她求婚的时候。他那双黑色的眼睛，一动不动，神秘莫测，瞳孔好像异常的大。他什么事都知道了。

　　"你回来得挺早。"她说。

　　她的嘴唇微微颤抖，几乎说不清这几个字。她感到惊恐，害怕自己会昏过去。

　　"我想跟平时一样。"

　　她觉得他的声音听起来很怪，他把最后一个字的音调上扬，为使他的话显得随意，不过一听就是装出来的。她想知道他是否看出她的手脚在发抖，她只能靠忍耐才没有尖叫出来。他垂下了眼睑。

　　"我就是来换件衣服。"

　　他离开了房间。她瘫软下来，有两三分钟时间动弹不得。

最后她挣扎着从沙发上站起身来，仿佛大病初愈，还很虚弱。她不知道她的腿还能不能支撑住她，她扶着椅子和桌子来到走廊，然后一只手撑着墙，走回自己的房间。她穿上一件宽松女袍，等她回到起居室时（他们只在聚会时才用客厅），他正站在桌旁，看《随笔》周报上的照片。她硬着头皮走了进去。

"我们可以下去了吗？晚饭准备好了。"

"我让你久等了吗？"

很糟糕，她控制不住嘴唇的颤抖。

他打算什么时候说呢？

他们坐了下来，沉默了一会儿。然后他说了一句话，这句话非常平淡，里面有种凶险的味道。

"'皇后号'今天没到港，"他说，"我怀疑是否遭暴风雨而延误了。"

"应该今天到吗？"

"是的。"

她看着他，见到他的眼睛盯着盘子。他又说了另外一个话题，一样琐碎，是关于一场即将举行的网球赛，还讲了半天。他的声音平时和蔼可亲、抑扬顿挫，可现在就一个调，非常反常，这使吉蒂觉得他是在很远的地方说话。他的眼睛没有离开过盘子、桌子和墙上的画。他不愿与她对视，她认识到他不忍心看她。

"我们上楼好吗？"他饭后说。

"随你。"

她站起来，他为她开了门。她从他身边走过时，他垂下了眼睑。他们到了起居室时，他又拿起了那份插图报纸。

"这份《随笔》是新的吗？我觉得我没看过。"

"我不知道，也没注意过。"

这份报纸放那儿有两星期了，而且她知道他读过不止一遍。他拿起报纸坐了下来。她又躺在沙发上，捧起了那本书。通常，晚上就他们俩人时，他们玩库恩坎纸牌游戏或者佩兴斯纸牌游戏。他舒舒服服地靠在扶手椅上，注意力似乎被插图吸引过去了，报纸一直没有翻页。她想读书，却看不清眼前书上的字句，文字模模糊糊。她的头剧烈疼痛起来。

他要什么时候说呢？

他们一声没吱地坐了一个小时。她不再假装读书了，把小说放在腿上，凝视着空中。她不敢动弹，也不敢弄出一点儿声响。他纹丝不动地坐着，保持着舒适的姿态，那双大眼睛直勾勾地盯着那张插图。他的静止令人感到一种莫名其妙的威胁，使吉蒂觉得一头狂兽准备一跃而上。

他突然站起来，把吉蒂吓一跳。她攥紧拳头，感到自己的脸都变白了。开始了！

"我有些工作要做，"他用平静、单调的声音说，眼睛避开了她，"如果你不介意，我去书房了，我想，等我完成工作你已经上床了。"

"我今天晚上确实很累。"

"那好，晚安。"

"晚安。"

他离开了房间。


## 19

第二天早上，她迫不及待地给汤森的办公室挂电话。

"是我。怎么了？"

"我想见你。"

"亲爱的，我非常忙，我是个有工作的人。"

"事情非常重要，我能去你办公室吗？"

"哦，不行，我要是你就不会那么做。"

"好吧，那你到这儿来。"

"我脱不开身，今天下午行吗？你不觉得我最好不去你家吗？"

"我得马上见你。"

有一阵停顿，她担心电话被挂断了。

"你在吗？"她焦急地问。

"在。我在想，有什么事情发生吗？"

"我不能在电话里跟你说。"

又是一阵沉默，然后他再开口。

"好吧，听着，如果行的话，一点的时候我能抽出十分钟时间见你。你最好去谷舟的店，我会尽快赶过去。"

"那家古董店？"她沮丧地问。

"嗯，我们总不能在香港饭店的休息室见面吧。"他答道。

她注意到他的声音有点恼怒。

"那好，我这就去谷舟的店。"

20

她在维多利亚大道下了黄包车，穿过陡坡上的窄巷，来到了古董店。她在外面磨蹭了一会儿，好像注意力被橱窗里摆的小古玩吸引住了，但是一个站在门口招呼客人的男孩一下子就认出了她，向她咧嘴会意地一笑。他对里面的人说了句汉语，店主——一位穿黑长袍的肥脸小个子——走出来和她打了招呼，她赶紧走了进去。

"汤森先生还没到，您先上楼，怎样？"

她走到店里的后面，爬上一段摇晃、昏暗的楼梯。那个中国人跟在她的后面，打开了进卧室的门。屋里闷热，有一股刺鼻的鸦片味。她在一个檀香木的柜子上坐了下来。

　　一会儿，她听见嘎吱作响的楼梯上传来的沉重脚步声。汤森进了屋，随手把门关上。他脸色阴沉，一见到她就烟消云散，脸上露出了迷人的微笑。他一把将她搂在怀里，亲吻了她的嘴唇。

　　"说吧，出了什么事？"

　　"见到你我好多了。"她微笑着说。

　　他坐到床上，点燃了一支香烟。

　　"你今天早上脸色苍白。"

　　"这不奇怪，"她说，"我觉得一整夜都没合过眼。"

　　他看了她一眼，还在微笑，不过他的微笑有点做作和不自然。她认为他的眼神里有一丝焦虑。

　　"他知道了。"她说。

　　他停顿了片刻才说话。

　　"他说什么了？"

　　"什么也没说。"

　　"真的！"他急切地看着她，"那为什么你认为他知道了？"

　　"一切，他的表情，他吃晚饭的时候说话的样子。"

　　"他不高兴吗？"

"不，正好相反。他谨慎客气，结婚以来第一次道晚安时没有吻我。"

她垂下了眼睑，不确定查理是否理解。通常，沃尔特把她搂在怀里，嘴唇紧贴，不愿放开。他的亲吻让他的全身变得温柔多情。

"你想过为什么他什么都没说吗？"

"我不知道。"

又是停顿。吉蒂一动不动地坐在檀香木柜子上，焦急地看着汤森。他的脸色又阴沉下来，双眉紧皱，嘴角也耷拉下来。但是，他突然抬起头，眼里放出一丝恶毒的快意。

"我真想知道他是否打算说点什么。"

她没答话，她不明白他说的是什么意思。

"毕竟，他不是遇到这种事儿而闭上双眼的第一人。他大吵大闹能得到什么呢？如果他想闹的话，早就执意进屋了。"他的眼睛闪着光，嘴唇绽放出微笑。

"我们刚才真像一对十足的傻瓜。"

"但愿你见到昨晚他的脸色。"

"我料想他很沮丧，这肯定是个打击，这种处境对任何男人来说都是莫大的耻辱。他看上去一直像个傻子，沃尔特给我的印象是一个不愿家丑外扬的男人。"

"我也觉得他是这样的人，"她若有所思地回答，"他很敏感，我已经发现了这一点。"

"目前，情况对我们有利。你知道，设身处地地问问自己，如果你是他，该怎么办，这才是良策。一个男人遇到这种情况，只有一种办法能保住面子，就是装作什么都不知道。我敢打赌这就是他打算做的。"

汤森越说越起劲，那双蓝眼睛闪烁着光芒，他又快活起来，回到了快活的自我。他的一番话令人信心倍增。

"老天知道，我不想说令他不高兴的话，但是归根结底的基本事实是，一个细菌学家根本没有什么能量。等西蒙斯一走，我就是辅政司，与我保持好关系对沃尔特有好处。他得为自己的饭碗考虑，我们大家都一样。你认为殖民地政府会重用一个闹出丑闻的家伙吗？信我的话，他只要守口如瓶，什么都不会少，但大吵大闹，好日子就到头了。"

她心神不安地挪动了一下身体。她知道沃尔特有多害羞，他害怕吵闹，害怕公众的注意，她相信这些会给他造成影响的，但她不相信物质利益的欲望会打动他。也许她还不是十分了解沃尔特，但查理根本就不了解他。

"你想到过他在疯狂地爱我吗？"

他没有回答，只是对她微微一笑，带着调皮的眼神。他那迷人的样子是她熟悉和喜爱的。

"好吧，接着说，我知道你要说点非常可怕的话。"

“喔，你知道，女人常常觉得男人是在疯狂地爱她们，而实际上并非如此。”

她终于笑了，他的信心很有感染力。

“多么荒谬的说辞！”

“我跟你说你最近没怎么为你丈夫操心，也许他不像以前那样非常爱你了。”

“不管怎样，我决不会哄骗自己你是在疯狂地爱我。”她反驳说。

“那你可就错了。”

啊，听他说这话真叫人心花怒放。她知道他会这么说，而且对他激情的信任叫她心里暖融融的。他边说话边从床上站了起来，来到她身边也坐在了檀香木柜上，他伸出胳膊搂住她的腰。

“别再折磨你的小傻脑袋瓜了。”他说，“我向你保证，一点不用担心。我肯定他会装作什么都不知道的。你知道，这种事很难去证实。你说他爱你，或许是他不想完全失去你。我发誓如果你是我妻子，我会接受任何条件也不愿失去你。”

她把身体靠向他，柔软地倒在他的胳膊上。她感觉到爱他几乎就是在受折磨。但他最后说的那句话给她留下了深刻印象：或许沃尔特非常深情地爱她，他准备接受任何羞辱，只要她偶尔让他爱她就行，她理解那种感受，因为她对查理就是这样。

一阵自豪感传遍她的全身，同时也为一个男人如此卑贱低下地爱一个女人而感到有点轻蔑。

她搂住查理的脖子，含情脉脉。

"你简直神了，我来时还浑身发抖，现在你把一切都搞妥了。"

他用手捧住她的脸，吻了她的嘴唇。

"亲爱的。"

"你让我宽慰多了。"她叹了口气。

"我保证你不用紧张，你知道我会支持你，不会让你失望的。"

她消除了恐惧，不过一转眼，她又毫无道理地为她未来的计划破灭而感到遗憾。尽管所有的危险都过去了，可她倒希望沃尔特打算执意跟她离婚。

"我知道我能依靠你。"她说。

"我希望这样。"

"你不该去吃午饭吗？"

"哦，去他的午饭吧。"

他把她拉得更近并把她紧紧抱住，他的嘴在寻找着她的嘴。

"哦，查理，你得让我走了。"

"决不。"

她轻声笑了笑，一个幸福爱情的笑，也是一个胜利的笑。

他的眼神充满欲望，他抱起她，不但没有让她走而且将她紧贴在自己的胸膛，他锁上了房门。

*21*

整个下午她都在考虑查理说的有关沃尔特的话。当晚他们要外出吃饭，当他从俱乐部回来时，她正在梳妆打扮。他敲了敲门。

"进来。"

他没开门。

"我就去换件衣服，你还要多长时间？"

"十分钟。"

他没再说什么，径自去了自己的房间。他的声音带有那种勉强的腔调，跟昨晚她听到的一样。现在她自信多了。她在他之前准备完事，等他下楼后，她已经坐在车里了。

"恐怕让你久等了。"他说。

"还好。"她答道，说话时还能面带微笑。

他们驱车下山行驶中，她对沿途所见评论了一两句，但他的回应简单轻率。她耸了耸肩，她变得愈发有点不耐烦了：如果他想生气，随他便吧，她不在乎。他们开着车，沉默无语，一直到达终点。这是一场大型宴会，人头攒动，菜肴满席。吉蒂一边兴高采烈地与身边的人闲聊，一边观察着沃尔特。他面部扭曲，脸色煞白。

"你丈夫看上去气色很不好。我原以为他不介意这里的炎热呢，他工作很卖力气吗？"

"他总是努力工作。"

"我猜想你很快就会离开吧？"

"哦，是的。我想我会去日本，和去年一样。"她说，"医生说如果我不想把身体搞垮，就得避开这儿的酷热。"

他们吃饭时，沃尔特没有像往常那样不时向她投来微笑的目光，他压根没看她。她注意到上车那会儿他的眼睛就在回避她；下车时，虽然他像往常那样礼貌地伸手挽着她，可眼睛还是在回避她。现在他正与两边的女士交谈着，脸上没有笑容，而是直勾勾地看着她们；实际上，他的两只眼睛在那张苍白的脸上显得乌黑硕大，他的面部表情呆板严峻。

他肯定是一位称心如意的谈话陪伴，吉蒂颇有讽刺地想。

那些倒霉的女士正在竭力想跟那张冷酷无情的面孔闲谈下去，一想到这儿吉蒂就觉得非常好笑。

他一定知道了。这一点毋庸置疑，而且对她是怒不可遏。为什么他缄口不提呢？果真是因为他爱她太深，害怕她将离他而去，因此才忍受伤害和气愤吗？想到这儿，她就非常瞧不起他，不过态度还是和蔼的。毕竟，他是她的丈夫，为她提供膳宿，只要他不干涉她，让她随心所欲，她会好好待他的。另一方面，也许他的沉默仅仅出于一种病态的胆怯。查理说得对，没有人比沃尔特更厌恶丑闻。如果能有别的办法的话，他从不做演讲。他曾告诉过她，有一次法庭传唤他为一桩案子当证人，提供专家证词，结果开庭的前一周，他几乎没睡一个好觉。他的害羞是一种病。

还有一点，男人都很爱虚荣，只要没有人知道所发生的事，沃尔特可能愿意视而不见。接下来，她想弄清楚查理说的是否有可能对。他说沃尔特知道怎么做对自己有利。查理是这块殖民地最受欢迎的人，而且不久就会接任辅政司一职，他对沃尔特非常有用处。反过来说，如果沃尔特惹他生气，就会使自己特别的不自在。一想到自己情人的力量和果断时，她就欣喜若狂；依偎在他强劲的双臂里，她感到非常无助。男人就是怪。她从来不曾想到沃尔特能如此下贱，然而谁都不会知道，也许他庄重的外表只不过是卑鄙狡诈天性的一副面具。她越考虑越觉得查理的话更可能似乎是对的；她又瞥了她丈夫一眼，没有人在跟他闲聊了。

这时他身边的女士们正在跟各自的邻座说话，他被晾在那儿了。他凝视着正前方，忘了置身于晚会，眼里充满了极度的悲伤。这叫吉蒂感到震惊。

## 22

第二天午餐后，她正躺着打盹儿，一阵敲门声把她惊醒。

"谁呀？"她不耐烦地喊道。

这个时间她不习惯被人打搅。

"我。"

她听出是丈夫的声音，赶忙坐了起来。

"进来吧。"

"我吵醒你了吗？"他边进边问。

"实事求是说，是的。"她用自然的语调答道，这两天来她就是用这种语调跟他说话的。

"你到隔壁的房间来一下，我想跟你谈点事。"

她的心脏突然收缩了一下。

"等我穿上晨衣。"

他离开了。她赤脚穿上拖鞋，裹上一件晨衣。她照了一下镜子，发现脸色苍白，便涂上一些胭脂。她在门口站了一会儿，鼓起勇气去面对这次谈话，然后一脸坦然地走了进去。

"你是怎么做到在这个时间从实验室回来的？"她说，"我很少在这个时间看到你。"

"你不坐下吗？"

他没有看她，说话的口气很严肃。她乐意按他说的做，她的膝盖有点儿发抖，她也不能继续用那种诙谐的语气说话了，所以保持着沉默。他也坐了下来，点燃一支香烟。他的眼睛不安地在房间里四处扫视，似乎有些难以启齿。

突然他把目光集中在她身上，因为他那么长时间避开自己的目光，他的直视吓了她一跳，使她差点叫出声来。

"你听说过湄潭府吗？"他问，"最近报纸上有很多报道。"

她惊讶地盯着他，她犹豫了。

"是不是那个发生霍乱的地方？阿巴思诺特先生昨晚还谈到这个事呢。"

"那个地方发生了流行病，我认为是多年来最严重的一次。原来有一位医生传教士在那儿，三天前得霍乱死了。还有一个法国的女修道院，当然也有一个海关的人，其他的人已经撤走了。"

他的眼睛还在盯着她，她无法垂下自己的眼睑。她竭力想从他的表情中看出点什么，但她神经紧张，只能看出一种奇怪的警觉。他怎么能这样目不转睛地看呢？眼睛连眨都不眨一下。

"法国修女们正在尽其所能，她们已经把孤儿院变成了医院，可人们还是像苍蝇那样正在死去。我已经主动提出要去并负责。"

"你？"

她吓了一大跳。她最先想到的是如果他走了，她就自由了，见查理不再有阻碍或者障碍了。但是这个想法使她震惊，她感到自己脸红了。他为什么那样看着她？她尴尬地转移了目光。

"有必要吗？"她支吾地说。

"那个地方一个外国医生也没有。"

"但你不是医生，你是个细菌学家。"

"我是医学博士，你知道，在专门搞研究之前，我在医院里做过很多日常工作。首要的是，我作为细菌学家这一点更有利，这对研究工作来说是一次极好的机会。"

他几乎是在没礼貌地说话。她瞥了他一眼，惊讶地发现在他的眼神中流露出嘲笑，这让她无法理解。

"但这不是很危险吗？"

"非常危险。"

他笑了笑。这是个嘲弄的怪相。她用手托住额头。这是自杀，是不折不扣的自杀，太可怕！她没有想到他会这样做。她不能让他这样做，这太残酷了，如果她不爱他也不是她的错。她无法忍受他为了她的缘故竟要轻生，泪水慢慢流下她的面颊。

"你哭什么？"

他声音冷淡。

"你不是被逼才去的，是吗？"

"对，我自愿提出去的。"

"请别去，沃尔特。要是出了什么事儿，那就太可怕了，万一你死了呢？"

他的脸仍然毫无表情，但眼神里再次掠过一丝微笑，他没有回答。

"那个地方在哪儿？"停顿了一会儿，她问。

"湄潭府？在西江的一条支流上。我们要沿西江而上，然后再坐轿子。"

"我们指的是谁？"

"你和我。"

她快速地看着他，还以为是听错了。但是他眼里的微笑已经蔓延到了嘴角，他那对黑眼睛直勾勾地看着她。

"你希望我也去？"

"我认为你愿意去。"

她的呼吸开始急促起来，一阵战栗传遍全身。

"毫无疑问，那里不是女人去的地方。那位传教士几周前把他的妻子和孩子送走。牧师会会长夫妇来到香港，我在一个茶会上见过她，我刚想起来她说过他们因霍乱离开了什么地方。"

"那里有五个法国修女。"

她感到惊慌。

"我不知道你的意思。我去那儿就是疯了，你知道我是多么弱不禁风，海沃德医生说，我得躲避香港的高温，我根本受不了这儿的炎热。还有霍乱，非把我吓掉魂不可，去那儿就是自讨苦吃。我没有理由去，我会死的。"

他没有回答。她绝望地看着他，差一点就哭出来。他的脸色变得极度苍白，使她顿时毛骨悚然，她从中看到了憎恨的目光。他想要她死，有这种可能吗？她在回答自己这个残忍的念头。

"这很荒唐。如果你认为你应该去，那是你自己的事，千万别拉着我。我讨厌疾病，那可是一场霍乱流行病，我不想假装很勇敢，也不介意跟你说我没有那个胆量，我要待在这儿，等时候一到就去日本。"

"我原以为在我即将开始这场危险的远征时，你想陪伴我呢。"

他正在公开地嘲笑她。她被搞糊涂了，弄不清他说的话当真还是就想吓唬吓唬她。

"我拒绝去一个跟我无关也帮不上忙的地方，我认为谁都没有理由责怪我。"

"你能帮最大的忙，你能鼓励我、安慰我。"

她的脸色愈发苍白。

"我不明白你在说什么。"

"我认为理解这句话不需要多高的智商。"

"我不会去，沃尔特，让我去太荒谬了。"

"那我也不去了，我立刻提出诉讼。"

*23*

她一脸茫然地看着他。他的话太出乎意料，乍一听她几乎弄不懂什么意思。

"你到底在说什么？"她支支吾吾地说。

她自己都觉得她的回答听起来虚假，她看出来这句话让沃尔特严厉的脸上露出藐视的表情。

"恐怕你已经把我当成一个大傻瓜了吧。"

她不知道该说什么，也拿不准是愤慨地坚称自己的清白还是愤怒地责备。他似乎看穿了她的心思。

"我已经拿到了所有必要的证据。"

她哭了起来，泪水从眼里流了下来，没有任何特别痛苦的感觉，她没有擦干眼泪，哭泣给了她点时间镇定下来，但大脑还是一片空白。他无动于衷地看着她，他的冷静让她感到恐惧。他不耐烦了。

"哭一点用也没有，你知道。"

他的声音非常冷酷无情，这激起了她的愤慨，她恢复了勇气。

"我不在乎。我想你不会反对我跟你离婚吧，这对男人来说不算什么。"

"请允许我问你一句，我为什么为了你给自己添哪怕最小的麻烦呢？"

"这对你没什么影响，让你的举止像个绅士并不过分。"

"我非常关心你的福祉。"

她现在坐起来，擦干了眼泪。

"你这话是什么意思？"她问他。

"汤森只有在下面的情况下才能娶你：他成为共同被告；这桩伤风败俗的案子迫使他的妻子与他离婚。"

"你根本不知道你在说什么。"她喊道。

"你这个愚蠢的笨蛋。"

他的语气如此轻蔑，气得她满脸通红。也许她以前听他说的都是甜蜜、奉承和令人愉悦的话，所以她更加生气，她已经习惯了他什么事都由着她的性子来。

"如果你想知道真相，我就告诉你。他迫不及待地要和我结婚，多萝西·汤森甘心情愿跟他离婚，我们一自由就会结婚。"

"这是他明确告诉你的，还是你从他的态度中得到的印象？"

沃尔特的眼睛闪出辛辣的嘲讽，使吉蒂有点儿心神不安。她不太确定查理曾明确说过那样的话。

"他说过不止一次。"

"那是谎话，你也知道那是谎话。"

"他全心全意地爱我，他深情地爱我，我也一样爱他。你已经知道了，我就不再否认什么。我为什么要否认呢？我们是情人已经一年了，我为此感到骄傲。他是我的一切，我很高兴你终于知道了这一点。我们烦死了偷偷摸摸、妥协让步这些事情。不管怎么说，我嫁给你是个错误，绝不该如此，当初我是个傻子。我从没关心过你，我们没有一丝一毫的共同之处。我讨厌你喜欢的人，我厌烦你感兴趣的事。一切都结束了，我心存感谢！"

他观察着她，一动不动，脸上没有任何表情。他专心听着，但他的表情没有丝毫变化，这一点显示她的话对他没有什么影响。

"你知道我为什么嫁给你吗？"

"因为你想在你妹妹多丽丝之前结婚。"

这话不假，但是当她意识到他知道这种情况时，感到既滑稽又有点吃惊。说来奇怪，即使她正在恐惧和愤怒中，这句话却激起了她的同情心。他有了点微笑。

"我对你没抱幻想，"他说，"我知道你愚蠢、轻佻，没有头脑，但我爱你；我知道你的目标和理想平庸低俗，但我爱你；

我知道你是二流货色，但我爱你。想想很滑稽：我竭力去喜欢你喜欢的事情；我煞费苦心不让你看出我并不无知、粗俗、八卦和愚蠢；我知道你多么害怕智力，所以尽我所能让你认为我和你认识的其他男人一样是个大傻瓜；我知道你嫁给我只是为了你自己的利益，但我非常爱你，我不在乎。据我所知，大多数人有这样的感觉，当他们爱上一个人，而且这种爱情没有得到回报时，他们就会抱怨，会生气甚至怨恨。我不是那样，我从来没指望你爱我，也没有理由指望你那样做，我从来没有认为自己很讨人喜欢。我能有机会爱你就心怀感激了，当我时常想起你很高兴和我在一起或者看到你的眼里闪烁着愉快的爱慕时，我就欢喜若狂。我尽力不让我的爱使你厌烦，我知道我承担不起那种后果，所以我一直察言观色，及早发现你对我的爱情不耐烦的最初迹象。大多数丈夫认为那是一种权利，我却准备当作恩惠来接受。"

吉蒂从小习惯了别人的奉承，以前从未听过有人对她说这样的话。一股无名的愤怒在她心头涌起，驱散了恐惧，她似乎感到窒息，觉得太阳穴上的血管在膨胀和悸动。虚荣心受到伤害的女人，她的复仇心能胜过被夺走幼崽的母狮。吉蒂的下巴，一直就有点方，现在像猴子的丑恶嘴脸那样翘着，她漂亮的眼睛也充满了怨恨，但她耐住了性子没有发作。

"如果一个男人不具备让女人爱他的必要条件，这是他的错，而不是她的。"

“一点没错。”

他嘲弄的语气加剧了她的恼怒。不过她觉得她保持镇定更能刺伤他。

“我没有受过非常好的教育，也不太聪明，只是一个极为普通的年轻女子。从小至今，我生活圈子里的人喜欢什么，我也喜欢什么。我喜欢跳舞、打网球、看戏，还喜欢玩游戏的男人。一点没错，你和你喜欢的东西一直令我厌烦，它们对我来说一文不值，我也不想让它们值。是你拖着我在威尼斯那些冗长的画廊里转个没完，我觉得真不如在桑威治更好地享受打高尔夫球的乐趣。”

“我知道。”

“很抱歉我没有成为你期望的那种人。不幸的是，我总觉得你生来就排斥别人，这点你不能怪我。”

“我不会的。”

如果沃尔特大声咆哮、暴跳如雷的话，吉蒂反倒会更容易处理当时的情况，她可以以暴制暴。然而他的自控能力是超人的，现在她比以前任何时候都恨他。

“我认为你根本不是个男人。你知道我和查理在屋里，为什么不闯进去？你起码应当揍他一顿，你怕了吗？”

不过，她话刚说完脸就红了，因为她感到羞愧。他没有作答，但她从他的眼神里看出了冰冷的轻蔑。他嘴角露出一丝微笑。

"或许我像某位历史人物，太高傲而不屑动武。"

吉蒂无言以对，耸了耸肩。他又直勾勾地盯了她好一会儿。

"我想该说的我都已经说了，如果你拒绝前往湄潭府，我将提出诉讼。"

"你为什么不同意跟我离婚？"

他终于把目光从她的身上移开。他靠在椅子上，点燃了一根香烟，一言没发，直到把烟吸完。他随手扔掉烟蒂，微微一笑，又一次看着她。

"如果汤森夫人将向我保证她要与丈夫离婚，如果汤森将给我书面承诺，在两份判决生效一周内娶你，我会同意的。"

他说话的方式里有种说不出来的东西令她感到不安。但是她的自尊迫使她庄重地接受了他的提议。

"你非常慷慨，沃尔特。"

令她吃惊的是，他突然哈哈大笑。她气得满脸通红。

"你笑什么？我看不出有什么好笑的。"

"我请你原谅，我的幽默感可能和别人的不一样。"

她看着他，紧皱眉头。她本想说点挖苦、中伤的话来，可却想不出任何反驳的话。他看了看手表。

"如果你想在办公室找到汤森，最好快点。如果你最终决定随我去湄潭府，后天就得出发。"

"你想让我今天告诉他吗？"

"俗话说，机不可失，时不再来。"

她的心跳开始加快。她感觉到的不是不安，确实不是，可她又弄不明白是什么。她希望她的时间能更长一点，希望查理有个准备。不过她对他信心百倍，他爱她，就像她爱他一样。查理是不会接受强迫他们必须做的事情的，这一点不容她有半点怀疑，否则就是背叛。她转向沃尔特，面部严肃。

"我认为你不知道爱情是什么。你根本不会想到我和查理是一对痴男怨女，这才是最重要的，我们为了爱情付出任何牺牲都算不上什么。"

他朝她躬了躬身，什么也没有说，目送她迈着稳重的步伐走出了房间。

### 24

她递上一张字条要转给查理，上面写道："请见我，有急事。"一个中国男仆叫她稍等，随后回复说汤森先生五分钟之后见她。她感到莫名其妙的紧张。最后她被引进房间，查理走上前来和她握手，但等男仆出去关上门，屋子里就剩他们两个人时，他那和蔼可亲、彬彬有礼的做派一下子消失了。

"我说，亲爱的，你真不该不打个招呼就在上班时间来这儿，我有一大堆的事要做，我们不能给人留下话柄。"

她用漂亮的眼睛看了他好一会儿，想微笑一下，可她的嘴唇僵硬，笑不出来。

"不到万不得已，我是不会来的。"

他微笑着拉起了她的胳膊。

"好吧，既然来了，那就过来坐吧。"

房间空荡荡的，不宽敞，天花板很高；墙壁涂成两种赤褐色。屋内仅有的家具是一张大办公桌，一把汤森坐的转椅和一张供客人坐的沙发。吉蒂坐在这张沙发上感到恐惧。他坐在办公桌前。吉蒂以前从未见过他戴眼镜，她不知道他还戴眼镜。他注意到她在盯着自己的眼镜时，就把它摘了下来。

"我只在看书时戴。"他说。

她的眼泪说来就来，当时就哭了起来，她也不知道为什么。她不是故意装给查理看，而是一种本能欲望想激起他的同情。他茫然地看着她。

"有什么麻烦事吗？哦，亲爱的，别哭了。"

她掏出手帕，想让自己不再抽泣。他按了一下铃，等男仆来到了门口，他走了过去。

"如果有人找我，就说我出去了。"

"好的，先生。"

男仆关上了门。查理坐在沙发的扶手上，伸出手臂搂住吉蒂的肩膀。

"好了，吉蒂，亲爱的，告诉我出了什么事。"

"沃尔特想要离婚。"她说。

她感到搂她肩膀的胳膊松开了，他的身体也僵硬了。沉默了一会儿，汤森从她坐的沙发扶手上站起身，又坐回到自己的转椅里。

"到底是什么意思？"他说。

她看了他一眼，因为他的声音有些嘶哑。她看到他的脸色有点红。

"我已经跟他谈了，我是直接从家里跑过来的，他说他有需要的所有证据。"

"你没承认，对吧？你什么也没承认吧？"

她的心往下一沉。

"没有。"她答道。

"你肯定吗？"他问，目不转睛地看着她。

"是的。"她又撒了谎。

他靠在沙发上，神情茫然地凝视着对面墙上挂的中国地图。她焦急地观察着他，对他对这个消息的反应态度感到有点不安。她本希望他把她搂在怀里，告诉她谢天谢地，他们终于可以永远厮守在一起了；当然了，男人就是古怪。她轻声哭泣着，这次不是为了唤起同情，而是因为哭泣似乎是很自然的事。

"这下我们可惹出大乱子了，"他终于开了口，"但是失去理智毫无益处，哭对我们一点用都没有，这你知道。"

她发现他的声音里有些恼怒，便擦干了眼泪。

"这不是我的错，查理，我无能为力。"

"你当然无能为力，只怪我们真倒霉。这事不能只怪你，也怪我。现在我们要做的，就是想办法怎么把这事儿摆平。我想你跟我一样并不想离婚。"

她倒吸了一口气，用锐利的眼光盯着他，他根本就没有想她的事。

"我很想知道他究竟有什么证据。我不知道他怎么才能实际证明我们一起待在那个房间里。总的说来，我们已经够小心翼翼的了。我确信古董店的老家伙是不会出卖我们的。即便沃尔特看见我们进去了，也没有理由说我们不是在一起淘弄古玩。"

他在自言自语，而不是在跟她说。

"提出指控非常容易，但证明指控就非常难了；任何律师都会告诉你这一点。我们的行动方针就是否认一切。如果他威胁要提起诉讼，那我们就告诉他见鬼去吧，我们定会奉陪到底。"

"我可不能上法庭，查理。"

"究竟为什么不上呢？恐怕你不得不上了。上帝知道，我不想闹得满城风雨，但是这事我们不能躺倒认输。"

"我们为什么非要辩解呢？"

"你竟然问这样的问题。毕竟，这事儿不仅关系到你，还牵扯到我。但是事实上，我认为你不必为此害怕，不管怎么地，我们也能把你丈夫摆平，我唯一发愁的是怎么才能找出做这件事情的最好的办法。"

他好像突然想到了一个好主意，因为他转过身来向她露出了迷人的微笑，刚才生硬务实的语气也变得讨好起来。

"恐怕你非常烦心吧，可怜的小女人，这太糟糕了。"他伸手握住了她的手，"我们陷入了困境，但是我们会摆脱的。这不是……"他停住了，吉蒂怀疑他要说的是，这不是他第一次摆脱困境。"最重要的是不要慌张，你知道我决不会让你失望。"

"我不害怕，也不在乎他做什么。"

他还在微笑，不过或许有点勉强。

"如果事情发展到最坏的地步，我就得告诉总督。他会骂得我狗血喷头，不过他是个好人，而且久经世故，一定有办法把这事解决好的。如果出现丑闻，对他也没有什么好处。"

"他能怎么做？"吉蒂问。

"他能给沃尔特施加压力。如果他不能通过沃尔特的野心笼络他，那么他就会通过沃尔特的责任感压服他。"

吉蒂有点沮丧，她好像没能让查理认清当前的情况该有多严峻。他的轻浮使她变得不耐烦，她后悔来办公室里见他，这里的环境使她胆怯。如果她能搂着他的脖子倒在他的怀里，就很容易地把她想说的话说出来。

“你不了解沃尔特。”她说。

“我知道人各有价。”

她心甘情愿地爱着查理，但是他的回答使她困惑；对于如此聪明的人来说，说出这样的话很愚蠢。

“我觉得你没有认识到沃尔特有多愤怒，你没有见到他那张脸和他的眼神。”

他暂时没有回答，只是面带微笑地看着她。她知道他在想着什么。沃尔特是个细菌学家，身居从属地位；他不敢放肆让自己给殖民地的高官惹麻烦。

“查理，欺骗自己没什么好处。”她真诚地说，“一旦沃尔特决心提出诉讼，无论你还是别人说什么都不会对他有丝毫的影响。”

他的脸色再次变得沉重、阴沉。

“他想让我成为共同被告吗？”

“起初是的，最后我是在想办法让他同意跟我离婚。”

“哦，那好，事情还不是那么糟。”他的态度又放松了下来，她看见他的眼神如释重负。“我看这是一个解决问题的好办法。毕竟，这是男人至少能做到的一点，也是唯一体面的做法。”

“但是他有条件。”

他向她投去探寻的目光，似乎若有所思。

“当然我不算是很有钱的人，但是在我的能力范围内，我做什么都行。”

吉蒂沉默了。查理说的那些话完全出乎了她的意料，这些话也是她难以启齿的。她本来希望能依偎在他爱抚的怀抱里，发烫的脸颊贴在他的胸前，然后一口气地把实情倾吐出来。

“如果你的妻子向他保证她会跟你离婚的话，他同意跟我离婚。”

“还有吗？”

吉蒂几乎发不出声。

“还有——这话很难说，查理，听起来很可怕——如果你能承诺在离婚协议书生效后的一周内娶我。”

25

他沉默了片刻，然后又拉过她的手，温柔地握住。

“你知道，亲爱的，”他说，“不管发生什么事，我们绝不能把多萝西也牵扯进来。”

她茫然地看着他。

“但是我不明白，我们怎么能做到呢？”

“嗯，人生在世，我们不能只想着自己。你知道，在其他条件都相同的情况下，我最想做的就是跟你结婚，但是这完全不可能。我了解多萝西，不管你做什么也不会使她和我离婚的。"

吉蒂这时非常害怕，又哭了起来。他站了起来，坐到她身边，一只胳膊搂住她的腰。

"别再烦扰自己了，亲爱的。我们必须保持镇静。"

"我还以为你爱我……"

"我当然爱你，"他温柔地说，"对此你不能有半点怀疑。"

"要是她不愿意跟你离婚，沃尔特就会让你成为共同被告。"

他用了好一会儿时间才作答，语气枯燥无味。

"当然，那会毁了我的事业，可恐怕对你也不会有什么好处。如果事情到了最坏的地步，我就向多萝西一五一十地坦白；她会深受打击，痛苦不堪，但是她会原谅我。"他有个想法，"说不准和盘托出倒是个上策，如果她去找你丈夫，我敢说她能说服他保持缄默。"

"那就是说你不想跟她离婚？"

"这个，我得为我的孩子们想一想，不是吗？再说，我也不想让她伤心。我们在一起一直过得很好，你知道，对我来说她一直是一位贤妻良母。"

"那你过去为什么跟我说她在你眼里算不了什么。"

"我从未说过这话，我说过我不爱她。我们已经好多年没睡在一起了，除了偶尔几次，比如圣诞节那天、她回英格兰的前一天和返回来的当天，她不是喜欢做那种事的女人。但是我们一直是极好的朋友，我不介意告诉你，我依赖她的程度超过任何人的想象。"

"你不觉得当初别来找我那不是更好吗？"

她觉得奇怪，虽然已经喘不上气来，可她竟能如此冷静地说出这句话。

"你是我多年来见过的最可爱的小东西，我只是坠入了情网，这不能怪我。"

"毕竟，你说过你永远不会让我失望。"

"但是，上帝呀，我没打算让你失望。我们陷入了糟糕的困境，我在尽一切可能把你解脱出来。"

"只有那个明显而自然的办法。"

他站了起来，回到了自己的椅子上。

"亲爱的，你必须理智一些，我们最好坦诚地面对这种情况。我不想伤害你的感情，但是我必须告诉你实情。我非常看好我的事业，谁也没有理由说我不会有朝一日当上总督，殖民地总督一职可真是轻松悠闲呢。除非我们把这件事隐瞒下来，否则我一丁点机会都没有。我可能不会被迫离职，但我身上将永远背着一个污点。如果我不得不离职，那么我就只能在中国这个我熟悉的地方经商。不论哪种情况，我唯一的选择就是让多萝西陪着我。"

"那你有必要告诉我在这个世界上除了我，你什么都不想要吗？"

他的嘴角耷拉下来，像是在抱怨。

"哦，亲爱的，当一个男人爱上了你，他说的话是不能每个字都当真的。"

"你不是那么想的吗？"

"当时是那么想的。"

"那么如果沃尔特跟我离了婚，我会怎么样？"

"如果我们说的话找不到根据，也就无需辩解了。不会出现满城风雨的现象，现在的人心胸都很开阔。"

吉蒂头一次想到了自己的妈妈。她在颤抖。她又看了一下汤森，此时她的痛苦又增添了一层怨恨。

"的确，你要是忍受我不得不遭受的麻烦，可能觉得不算什么。"她说。

"我们相互冷嘲热讽，是不可能有多大进展的。"他答道。

她绝望地大叫一声。她那么真诚地爱他，却又变得那么地怨恨他，真令人感到可怕。他不可能理解他对她来说有多重要。

"哦，查理，你不知道我有多爱你吗？"

"但是，亲爱的，我爱你。只是我们不是生活在荒岛上，我们不得不尽力处理好束缚我们的各种情况。你真的必须理智一些。"

"我怎么能理智起来呢？对我来说，我们的爱情就是一切，你就是我的全部。原来你把它只看作是一个插曲,真令人寒心。"

"它当然不是一个插曲。但是你知道,当你要我与我非常依恋的妻子离婚,然后与你结婚,毁掉我的事业时,你要求的就太多了。"

"跟我愿意为你做的相比,一点不多。"

"这完全不是一回事。"

"唯一的差别是你不爱我。"

"一个男人可以深爱一个女人,而不希望与她共度余生。"

她瞥了他一眼,彻底绝望了。大滴的泪珠从脸颊上滚下来。

"哦,多么残酷!你怎能这么无情?"

她歇斯底里地抽泣起来,他担心地朝门口瞅了一眼。

"我亲爱的,尽量控制一下自己。"

"你不知道我有多爱你,"她喘着气说,"没有你我活不下去。你对我没有一点怜悯吗?"

她再也说不出话了,放声大哭起来。

"我并不想刻薄,上帝知道,我不想伤害你的感情,但是我必须告诉你真相。"

"现在我这辈子毁了,当初你为什么缠着我?我到底做了什么伤害你了?"

"当然,如果把责任都推到我身上对你有好处的话,那就随便吧。"

吉蒂顿时勃然大怒。

"是我主动引起你的注意的，是我不让你安宁直到你接受了我的乞求，是不是？"

"我没那么说。但是可以肯定，如果不是你非常清楚地表明你想和我上床，我是绝对不会想到与你做爱的。"

哦，多么丢人啊！她知道他说的是真的。此时他脸色阴沉、闷闷不乐，两只手在乱动，还不时地愤怒地瞅她几眼。

"你的丈夫会原谅你吗？"过了一会儿他问。

"我没问过他。"

他本能地把手握成拳头。她看出他压下了烦恼的喊叫声，尽管到了嘴边。

"你为什么不去找他，求得他的宽恕呢？如果他像你说的那样爱你，就一定会原谅你。"

"你太不了解他了！"

26

她擦干了眼泪，尽量使自己振作起来。

"查理，如果你抛弃我，我会死的。"

她现在只好求得他的同情了。她早该立刻就告诉他，当他知道她面临可怕的抉择时，他的慷慨大度、正义之感、男子气概会被猛烈地激发出来，使他只想着她的危险。哦，她是多么强烈地渴望他那可爱的双臂搂着她，保护她啊！

"沃尔特想让我去湄潭府。"

"哦？可那地方正闹霍乱啊，他们遭受的是五十年来最严重的瘟疫。那里根本不是女人去的地方，你绝不能去。"

"如果你撇下我不管，我就不得不去。"

"你这话是什么意思？我没听明白。"

"沃尔特要接替死去的传教士医生，他想叫我跟他一起去。"

"什么时候？"

"现在，马上。"

汤森向后推了推椅子，用困惑的眼神看着她。

"我可能很愚笨，我弄不明白你在说什么。如果他想让你和他去那个地方，那离婚是怎么回事？"

"他要我做出选择，要么我必须去湄潭府，要么他就提出诉讼。"

"哦，我明白了。"汤森的语气确实有了一点变化，"我认为他很正派，你觉得呢？"

"正派？"

"这个，他要去那儿真是有种运动家的风范，我连想都不敢想。当然了，他回来后，一定会获得一枚圣乔治勋章。"

"但是我怎么办，查理？"她叫道，声音里充满痛苦。

"嗯，我认为如果他想要你去，在这种情况下，我看不出你怎能有理由拒绝。"

"去就意味着死亡，绝对得死。"

"哦，见鬼去吧，就是在夸大其词。如果他是那样想的，就不会带你去的。你的危险不会比他大。实际上，只要你们加小心，不会有大风险的。我到这儿的时候，这儿也闹过霍乱，我毫不惊慌。重要的是不吃没有弄熟的东西，不吃没洗的水果或沙拉等，保证饮用水要烧开。"他越说越来劲，言语也流畅起来，阴沉的表情正在消散，变得更活跃了，几乎达到了轻松愉快的地步。"毕竟这是他的工作，对吧？他对虫子感兴趣，如果你想到了这点，这对他来说还是个千载难逢的机会呢。"

"但是我呢，查理？"她重复了一次，声音不再有痛苦，而是惊愕。

"嗯，理解男人的最好办法就是从他的角度考虑问题。在他看来，你就是一个相当淘气的小东西，他想让你不受伤害。我一直认为他从来就没想和你离婚，给我的印象他不是那种人；但是他做出了一个自认为非常宽宏大度的建议，而你拒绝了，这让他很生气。我不想责怪你，但是看在我们大家的分上，我觉得你应该考虑考虑。"

"可你看不出来那样会杀了我吗？你不知道他要把我带到

那儿是因为他明明知道那样会杀死我吗？"

"哦，亲爱的，别那么说。我们现在的处境非常难堪，真的没有时间去耸人听闻了。"

"你压根就没想看明白。"哦，她的心在痛，还有恐惧！她完全可以喊叫起来，但没有。"你不能眼睁睁地让我去送死。就算你不爱我、不怜悯我，可你总该有正常人的情感吧。"

"我觉得这样说对我相当无情了。就我的理解，你丈夫现在的行为非常宽宏大量，如果你给他机会，他愿意原谅你。他想把你带走，而目前这个机会正好可以把你带到一个地方待上几个月，你将不受伤害。我不会谎称湄潭府是一处疗养胜地，也从未听说过中国哪个城市是。不过也没有理由谈虎色变，其实你那样想才是最糟糕的。我相信，在一场流行病中，纯粹死于惊吓的人不比因为感染而死的人少。"

"但是我现在就害怕。当沃尔特谈到这事时，我差点晕过去。"

"我深信，最开始这事是个冲击，但是等你冷静考虑一下，一切都好了。这种经历不是每个人都能有的。"

"我原以为，我原以为……"

她极为痛苦，已经站不稳了。他没有说话，脸上又呈现出那种阴沉的面孔，这是之前吉蒂从没见过的。这时吉蒂不哭了，她不再伤感，镇定下来，尽管声音很低但十分坚定。

"你想要我去吗？"

"没有选择余地，不是吗？"

"真的吗？"

"告诉你才是对你公平，如果你丈夫提出离婚诉讼并胜诉，我也不能跟你结婚。"

好像过了一个世纪，她才回答。她慢慢地站了起来。

"我觉得我丈夫从未想提出诉讼。"

"天哪，那么你为什么非要吓得我魂飞魄散呢？"他问。

她冷冷地看着他。

"他知道你会让我失望的。"

她沉默了。模糊中，好像你刚学外语时读文章，刚开始什么也弄不懂，直到一个单词或者一个句子给了你一个线索；突然，一种怀疑感——好像是——在你困惑的头脑中闪过。模糊中，她对沃尔特的心计看出了点端倪。这就像一片黑暗和不祥的景象，被一道闪电照亮，但是马上又被黑暗隐埋。眼前的一切使她不寒而栗。

"他这样威胁，只是因为他知道这会把你击垮，查理。很奇怪，他竟然把你看得这么准。让我面对如此残酷的醒悟，这就是他的风格。"

查理低头看着他眼前的那张吸墨纸，他皱了皱眉，嘴巴紧紧地绷着，没有作答。

"他知道你爱慕虚荣、胆小怕事、自私自利，他想让我亲眼看清这一切。他知道在危险将至时，你会像野兔那样奔跑。他知道我是深受欺骗才认为你爱我，因为他知道你只会爱自己不会爱任何人；他知道你会毫无怜惜地牺牲我，以保全自己。"

　　"如果你对我恶语相加真能给你带来满足，我想我无权抱怨。女人从来都是不公正的，她们通常都认为男人有错，但是对方也有话要说。"

　　她没有理睬他的插话。

　　"现在我意识到了他知道的一切。我知道你冷酷无情；我知道你自私自利，而且到了无法言表的地步；我知道你连兔子的胆量都没有；我知道你谎话连篇、善于欺骗；我知道你卑鄙透顶。而悲惨的是……"——她的脸突然变得痛苦欲狂——"悲惨的是我仍然全心地爱你。"

　　"吉蒂。"

　　她苦笑一声。他叫着她的名字，声调饱满动人，流畅自然，但毫无意义。

　　"你这个蠢货。"她说。

　　他很快后退了一步，气得面红耳赤。他不能理解她这是什么意思。她看了他一眼，眼神中有一丝快意。

　　"你开始讨厌我了，是不是？好吧，讨厌我吧，现在那对我来说无关紧要啦。"

她把手套戴上了。

"你打算做什么？"他问。

"哦，别害怕，你是不会受到伤害的，你将相当的安全。"

"看在上帝的面上，别那样说，吉蒂。"他答道，低沉的声音充满焦虑，"你得明白关系到你的每件事情都关系到我，我非常想知道会发生什么。你准备跟你丈夫说什么？"

"我打算告诉他，我准备跟他去湄潭府。"

"也许如果你同意了，他反倒不会强求了。"

他是弄不明白为什么他说这话时，她用那么奇怪的眼神看着他。

"你真的不害怕吗？"他问她。

"是的，"她说，"你激发了我的勇气。进入霍乱流行区将是一次独特的经历，如果我死了——嗯，死就死吧。"

"我是尽我所能对你好的。"

她又看了看他，泪水再次涌入眼帘，她非常激动，她几乎情不自禁地想扑到他的怀里，疯狂地亲吻他的嘴唇，然而一切都过去了。

"如果你想知道，"她说，尽力保持自己声音的平稳，"我是怀揣死亡和恐惧去那里。我不知道沃尔特那个黑暗、扭曲的心里是怎么想的，可我会因恐惧而发抖。我觉得也许死亡真的是一种解脱。"

她感到她再待一会儿就控制不住自己了。她快步走到门口，没等他来得及从椅子站起来，便出了门。汤森如释重负地长长出了口气，他非常想喝点白兰地加苏打水。

27

　　她到家时，沃尔特在家。她本想直接回自己的房间，但是沃尔特在楼下的客厅里，正向一个男仆吩咐着什么。她非常苦恼，已不再害怕她不得不面对的那种羞辱。她停了下来，面对着他。

　　"我将跟你去那个地方。"她说。

　　"哦，很好。"

　　"你要我什么时候准备好？"

　　"明天晚上。"

　　他的冷漠像长矛一样刺痛了她，她不知道体内哪来一股虚张的勇气，她说了一句自己都吃惊的话。

　　"我想我只需要带几件夏天的衣物和一件寿衣就够了，不是吗？"

　　她在观察着他的表情，看出她尖刻的语言使他生气了。

　　"我已经告诉你的女仆你需要带什么了。"

　　她点点头，上楼回到房间。她身心疲惫。

　　他们终于要到目的地了。他们被抬上轿子，一天天地沿着一条狭窄的田埂前行，两边是一眼望不到边儿的稻田。他们拂晓动身，一直走到酷日当头，才被迫在路旁的客栈里歇歇脚，然后继续赶路，一直到达他们已经安排好的城镇过夜。吉蒂的轿子走在行列的最前头，沃尔特紧随其后；然后是稀稀拉拉一队苦力，他们担着寝具、生活用品和器材设备。吉蒂对沿途乡村的风光视而不见，在一路漫长的行程中，只有某个轿夫偶尔的一句话或一段难听的歌曲才打破沉默，她的心情备受折磨，回想着在查理办公室里那令人心碎的一幕幕场景。她回顾了他对她说了什么，她又对他说了什么，她发现他们之间的谈话竟变得那样枯燥务实，她心灰意冷。她没有说出想说的话，也没有拿出想用的语气。如果她能够使他明白她无限的爱、她心中的激情、她的无助，他绝不能那么没有人性，让她任由命运摆布。当时的一切都出乎了她的意料。当他告诉她——嘴上没说，但意思更为明了——他根本不在乎她时，她简直不敢相信自己的耳朵。这就是为什么她竟然没有怎么哭，因为她意外到了恍惚的地步。后来，她哭了，哭得非常伤心。

晚上在客栈里过夜，吉蒂和丈夫同住一间上等客房，她意识到沃尔特——躺在行军床上，离她有几英尺远——并没有睡，就用牙咬住枕头，以免哭出声来。但是白天，轿子有布帘挡着，她就任凭自己发泄。她极其痛苦，本该放开嗓门大叫一番；她从未感受过一个人能遭受如此大的磨难；她拼命地自问她做了什么而遭此报应。她弄不明白为什么查理不爱她。她想，是她的毛病，不过她清楚她所做的一切都是为了讨他喜欢。他们始终相处得非常好，在一起时总是欢声笑语，他们不仅是情人，还是好朋友。她理解不了，她崩溃了。她告诉自己她恨他、鄙视他，可她不知道如果再也见不到他，她该如何生活下去。如果沃尔特把她带到湄潭府是为了惩罚她，那他就是在愚弄自己，因为她现在还在乎以后会怎么样吗？她再也没有什么生活的意义了，不过二十七岁就了结一生是相当残酷的。

### 29

轮船载着他们沿着西江而上，沃尔特一直在看书，但是在吃饭时，他还是努力找某个话题跟她闲聊两句。他跟她说话就好像她是在旅途中和他邂逅的陌生人，说的也都是些无关紧要的事儿。吉蒂猜测他这样做是出于礼貌，或者故意表明，他们之间隔着一道不可逾越的鸿沟。

一瞬间，她明白了一切。她曾告诉查理，沃尔特让她去威胁他离婚，不然她就得陪着沃尔特去那座有瘟疫的城市，就是为了让她亲眼看清他有多冷漠、懦弱和自私。这是真的，这招完全符合沃尔特讽刺而幽默的个性。他确切地知道会有什么结果，在她回来之前他就已经对她的女用人做了必要的吩咐。她已经在他的眼中捕捉到了鄙视，好像不仅是对她的情人还包括对她。也许他对自己说，如果他处在汤森的位置上，世界上没有什么东西能阻碍他做出牺牲以满足她最微不足道的一点念头。她知道这也是真的。不过，看看明摆着的现实，他怎么能让她去做那么危险的事情，还狠劲地拿这事——他肯定知道——吓唬她呢？起初她以为他只是和她闹着玩，直到真的启程了，不，更晚些，直到他们离船上岸，坐上轿子开始了穿越乡村的旅程，她还以为他会轻轻一笑，然后告诉她不用去了。她一点都不知道他是怎么想的。他不可能真的想要她死，他曾那样拼命地爱过她。她现在知道了爱情的真谛，她想起了他对她表达的无可枚举的种种爱慕。对于他而言——用法语来说——真是为伊欢喜为伊忧。他不可能不再爱她。你会因为受到残酷的对待而停止爱一个人吗？她没有让他遭受查理让她受的那种苦，然而，尽管发生了一切，即便她现在已经看透了他，如果查理有召唤，她也会放弃所有，投入他的怀抱。哪怕他出卖过她，抛弃过她，对她冷酷无情，她还是爱他。

起初，她以为只要她耐心等待，沃尔特早晚会原谅她。她对自己操控他的能力过于自信，以至于不相信这已经一去不复返了。大水不能熄灭爱情。如果他爱她，就会心软，而且她觉得他肯定爱她。不过，现在她不那么确信了。晚上，他坐在客栈的直背黑木椅上看书，马灯的光线照在他的脸上，这时她才能自如地观察他。她躺在铺床用的栈板上，光线照不到她。传统端正的五官使他的脸看上去非常严肃，你无法相信这张脸上什么时候能露出一丝甜蜜的微笑。他平心静气地在看书，好像她在千里之外；她看见他翻着书页，看见他的眼睛在一行行、有规律地移动。他没在想她。等到桌子摆好，晚饭端进来时，他把书放到一边，看了她一眼（他没有意识到，照在脸上的灯光使他的表情清晰可见）。在他的眼神中，她看到了一种身体上的厌恶，她吃了一惊。是的，她很惊愕。他的爱已完全不存在，可能吗？他真的预谋想害死她，可能吗？真是荒谬！这是疯子行为。说来也怪，当她突然想到也许沃尔特不太正常了的时候，她不禁浑身颤抖了一下。

30

突然，长久沉默的轿夫们开了腔，其中一人转过身，说了几句话，她听不懂，就又比画了起来，想要引起她的注意。她顺着他的手势望去，看到在那里的小山顶上有一座牌楼；她现在知道了，那是一个纪念碑，是为颂扬某位幸运的学者或者贞洁的寡妇而立的。自他们上岸以来，路过许多类似的牌楼；不过这座，在夕阳的衬映下，更为奇异俊美，超过了她见过的任何一座。然而不知为什么，这座牌楼却令她不安。她感到它具有某种含义，可又无法言表，是威胁（她隐约察觉到的）还是嘲笑？她正路过一片竹林，竹子奇妙地倒向堤道仿佛要留住她；夏天的傍晚一丝风也没有，但竹子的狭长绿叶还是在微微晃动。这使她感到有人藏在竹林里看着她经过这里。现在他们来到山脚下，稻田没有了。轿夫们晃晃悠悠地抬着轿子往前走。山坡上遍布长满野草的小土丘，一个挨一个，就像退潮之后地面上留下的海沙波纹；她也知道这是什么地方，因为他们接近和离开每个人口稠密的城市都经过了这样的地方，这是块墓地。现在她明白了，为什么轿夫让她注意看山顶上立起的那座牌楼：他们到达了旅途的终点。

他们穿过了牌楼，轿夫们停了下来，把竹竿换了换肩。其中一人用一块脏兮兮的布把脸上的汗水擦掉。堤道蜿蜒而下，两侧散落着荒废的房子。夜幕正在降临，但是轿夫们突然兴奋地说起话来，她感到颠簸了一下，然后他们尽可能地站成一溜，紧贴在房子的墙上。一会儿她知道了是什么把他们吓了一跳，因为就在他们站在那儿闲谈时，四个农民一声不响地快速走过，抬着一口没有刷漆的新棺材，崭新的木头在越来越浓的暮色中闪着白光。吉蒂感到自己处在恐怖之中，心脏在撞击她的肋骨。棺材过去了，可轿夫们还站着不动；他们似乎打不起精神继续前进。但是，后面有人喊了一声，他们这才挪动步子，这时谁也不说话了。

他们走了几分钟，直接拐进了一个敞开的大门。轿子落定，她到了。

*31*

这是一栋平房，她走进客厅，她坐了下来，那些苦力们陆续地把行李搬了进来。沃尔特在院子里吩咐把哪些东西放在什么地方。她很累，可一个陌生的声音吓了她一跳。

"我可以进来吗？"

她的脸一下子红了，然后又白了。她过度地劳累，这使她见陌生人紧张。这间狭长低矮的房子仅有一盏带罩的灯，所以光线很暗。从黑暗中出来个人，他伸出了手。

"我叫沃丁顿，是副关长。"

"哦，是海关。我知道，我听说你在这儿。"

借着昏暗的灯光，她只能看出他是一个又小又瘦的人，个头不比她高，秃顶，小脸盘，没有胡子。

"我就住在山下，你们一路走来可能没有看到我的房子。我想你们一定太累，不能来和我一起用餐，所以我已经为你们订了晚餐，而且约了自己奉陪。"

"听你这么说我很高兴。"

"你会发现厨子的手艺不错。我把沃森的男仆留给你们使用。"

"沃森就是这儿的传教士吗？"

"是的，那人非常好。如果你愿意，我明天带你看看他的坟墓。"

"你真好。"吉蒂微笑着说。

这时，沃尔特进来了。沃丁顿在进屋来见吉蒂之前已经和沃尔特见过面了，他说："我正在告知你太太，我要与你们共进晚餐。自沃森死后，除了那几个修女，我再也没有找到过什么人好好说说话，我的那点法语也没能发挥什么作用。再则，跟她们谈论的只有有限的几个话题。"

"正好我已经叫仆人拿些喝的来了。"沃尔特说。

仆人拿来了威士忌加苏打水。吉蒂注意到沃丁顿一点不见外，自斟自饮起来。他说话的态度和他不拘束的咯咯笑声使她感觉到他进屋时就不太清醒了。

"祝你走运。"他说，然后转向了沃尔特："这儿有很多工作在等着你去做。这里的人像苍蝇似的在死去，地方长官已经黔驴技穷、不知所措，驻军指挥官俞上校担负着避免军队发生抢劫事件的倒霉差事。如果不尽快采取点措施，我们这些人也得让人杀死在床上。我尽力在劝这些修女离开，但是她们死也不走。她们都想当烈士，见她们的鬼去吧！"

他说得很轻松，而且声音中有种可怕的笑意，使你能微笑着听他讲。

"你为什么不走？"沃尔特问。

"嗯，我的一半员工已经死了，剩下的也都做好了随时倒下和死去的准备。总得有人待在这里控制局面吧。"

"你们接种疫苗了吗？"

"是的，沃森给我接种的，他也给自己接种了，但是并没有给他带来多少好处，可怜的家伙。"他转向吉蒂，那张滑稽的小脸笑得起满了皱纹，"我认为如果你预防措施得当，就不会有任何风险。把牛奶和水烧开，不吃新鲜的水果和未煮熟的蔬菜。你们带留声机唱片了吗？"

"没有，我想我们没带。"吉蒂说。

"很遗憾，我正盼着你们能带呢。我很长时间没听新的了，那些旧的都听腻了。"

男仆进来，问他们是否开饭。

"你们今晚不用换衣服了，对吗？"沃丁顿问，"我的男仆上个礼拜死了，现在这个人是个傻瓜，所以我晚上已经不换衣服了。"

"我去把帽子摘了。"吉蒂说。

她的房间就在他们说话的房间隔壁，屋子里几乎没什么家具。一个女仆正跪在地板上打开吉蒂的行李，她的旁边有一盏灯。

*32*

餐厅不大，大部分被一张宽大的桌子占去了。墙上挂着来自圣经故事场景的版画和说明文字。

"传教士们始终都有大餐桌。"沃丁顿解释说，"一年中，他们每增加一个孩子，就会得到更多的收入，当他们结婚时，他们都买大餐桌，这样就会为新生儿提供充足的空间。"

天花板上悬挂着一盏大的煤油灯，能使吉蒂更清楚地看到沃丁顿长得什么模样。他的秃头曾使她误以为他不再年轻，但是现在她看出他肯定不到四十岁。他额头又高又圆，脸不大，但没有皱纹，色泽鲜艳；丑得像只猴子的脸，虽然难看，但不乏魅力；这是一张引人发笑的脸。他的五官中，鼻子和嘴跟小孩的差不多大；他小眼睛，呈蓝色，很明亮；他的眉毛又浅又稀，他看上去像一个滑稽的老小孩。他不停地给自己斟酒，随着晚餐的进行，很明显他非常不清醒了。不过，就算他喝醉了，也没有什么冒犯之举，而是兴高采烈，如同从睡着的牧羊人那里偷走酒囊的森林之神萨梯。

他说到了香港，他在那儿有很多朋友，很想知道他们的情况。一年前他去过那儿赌过赛马，他谈起各种赛马和它们的主人。

"顺便问一句，汤森怎么样？"他突然问，"他要当上殖民地辅政司了吗？"

吉蒂感到自己脸红了，但是她的丈夫并没有看她。

"我丝毫不怀疑。"他答道。

"他是那种官运亨通的人。"

"你认识他吗？"沃尔特问。

"是的，我很了解他。我们曾结伴在国内旅行过。"

他们听到河对岸响起了敲锣声和鞭炮声。在那里，离他们很近的地方，这座大城市正陷入恐惧之中；死亡——突然、无情——横扫迂回曲折的街巷。但是沃丁顿却谈起了伦敦，他说到各大剧院，他知道眼下上演的所有剧目，还把上次回家休假观看的戏剧片段向他们娓娓道来。当他讲到这位低俗的滑稽演员时，不禁哈哈大笑；而描述起那位音乐喜剧女明星的美貌来，叹息不已。他很得意能够炫耀，他的一个表亲娶了其中一位最著名的女人，他还与她共进了午餐，人家给了他一张她的玉照。当他们下次到海关和他一起用餐时，他一定会把照片拿给他们看的。

沃尔特凝视着他的客人，目光冷漠、嘲讽，很显然，他一点也没有感到逗乐，他努力地、有礼貌地表示对这些话题感兴趣，吉蒂很清楚他是毫不关心的。他的嘴角一直带着淡淡的微笑，但吉蒂不知道这是为什么，心里充满了恐惧。在已故传教士留下的这座房子里，对面就是瘟疫肆虐的城市，他们似乎与整个世界完全隔绝，三个孤独且彼此陌生的人。

晚餐结束，她从桌边站了起来。

"如果我向你说晚安，你不介意吧？我要去睡觉了。"

"我也要走，我想医生也要去睡觉了。"沃丁顿答道，"明天一大早我们必须出去。"

他跟吉蒂握了手。他站得很稳，但是那双眼睛比以往任何时候都发亮。

"我来接你，"他告诉沃尔特，"带你先去见见地方长官和俞上校，然后一道去女修道院。我敢说事情够你忙活的。"


33


各种奇怪的梦折磨了她一夜。她好像在轿子里被抬着，轿夫们迈着不稳的大步朝前走，她感到左右摇摆。她进了城，大而朦胧，人群簇拥在她周围，带着好奇的目光。街巷狭窄曲折，在开着门的店铺里，摆着各种奇怪的物品，当她路过时，所有的交通停了下来，那些买卖东西的人也暂停了。然后她来到纪念牌楼前，它的奇异轮廓似乎一下子有了一股强大的生命力，那变化无常的体态线条犹如印度教神在挥舞双臂，当她从下面走过时，她听到了嘲弄笑声的回音。然后查理·汤森向她走来，双臂搂住她，把她从轿子里抱了出来。他说这一切完全是个错误，他绝不是有意那样对待她，因为他爱她，没有她活不下去。她感觉到了他的吻，她喜极而泣，问他为什么那么残酷，不过她也就是问问而已，她心里知道这并不重要。后来，传来一个嘶哑、意外的叫喊声，他们分开了。几个苦力穿着蓝色的破布衫，抬着一口棺材，无声无息又急匆匆地从他俩中间穿过。

她惊醒了。

这栋房子坐落在一个陡峭斜坡的半山腰，从她的窗户，她可以看到下面狭窄的河流，河的对面就是那座城市。天刚破晓，河面上泛起一层白雾，笼罩着像豆荚里的豌豆一样挤在一起停泊着的小船上。小船有数百条，默默地沉睡着，在那样幽暗的光线中显得神秘。你会有种感觉，船工们被施了魔法，因为他们似乎不是睡着了而是被某种奇怪、可怕的东西控制得哑口无言和动弹不得。

晨曦初现，阳光触及薄雾，闪着白光，就像雪的幽灵浮现在即将消亡的星宿上。河面上，薄雾的光亮使人能隐约分辨出拥挤的舢板和密林般的桅杆，但是薄雾的前面是一道眼睛无法穿透的光墙。突然，一座高大、威严、雄伟的城堡从那块白云中显现出来，似乎不仅仅是普照万物的阳光让它露出真容，更像一根魔棒的点化凭空而现，它屹立在河的对岸，犹如残酷、野蛮民族的据点。接着建造它的魔术师又魔棒一挥，堡垒的上方呈现一道彩墙，顷刻之间，一缕金黄色的阳光透过满布层景的薄雾飘洒下来，现出一组翠绿金黄的屋顶。它们似乎庞大，你无法辨别建筑的模式；至于条理性，就是有的话你也无法察觉，任性，放纵，却千姿百态，丰富得难以想象。这已不再是城堡，也不是庙宇，而是众神的某位君主的神奇宫殿，没有人能踏入半步。它太虚幻、奇异、缥缈，绝非出自人类之手；它是梦的造物。

泪水从吉蒂的脸上流下来，她凝视着，双手合十放在胸前，她屏住了呼吸，嘴张开了一点。她从未感到心情如此轻松，好像身体就是一具放在脚上的躯壳，她的灵魂得到了净化。这就是美，她相信这种美，就像信徒吃圣餐相信上帝一样。

34

因为沃尔特一大早就出去，午饭回来只待半小时，再就到晚餐准备好了才回来，所以吉蒂大多数时间都是一个人。好几天，她都没出过这栋平房的门。天气非常热，她多半躺在靠窗户的长椅上，尽量读些书。正午的强光掠去了神奇宫殿的神秘，现在只不过是城墙上的一座寺庙，俗艳但破旧，不过因为她曾在那种痴迷状态下见过它，所以它便不再普普通通了；她经常在黎明、黄昏，还有深夜时发现自己能够再体验到那种美的东西。对她来说，看似一座雄伟的城堡只不过是一堵城墙，深沉厚重，而她的眼睛一直停留在那里。在城墙雉堞的后面就是那座被瘟疫死死缠住的城市。

她大概知道那里正在发生着可怕的事情，这不是从沃尔特那儿得知的，而是沃丁顿和女仆告诉她的，她询问沃尔特时（他很少跟她说话），他总是用一种滑稽却冷淡的态度回答她，这让她毛骨悚然。人们正在以每天一百人的速度死去，感染这种病的人几乎没有能幸免的。那些神像已被从废弃的寺庙里搬了出来，摆在大街上。神像前摆满了供品，人们做了祭祀，但是这些并没有阻止瘟疫的蔓延。人死的速度太快，几乎来不及掩埋。有些人家全家死光，连个送葬的人都没有。驻军长官是一位铁腕人物，这个城市没有发生骚乱和纵火，那就要归功于他的决心。他命令士兵去掩埋那些无人问津的尸体，他还亲手枪毙了一个拒绝进入感染瘟疫房子的军官。

吉蒂有时非常害怕，不但心情沮丧，还经常四肢发抖。如果预防措施得当，风险不大这类话谁都会说，可她惊恐万分。

她脑子里琢磨着疯狂的逃跑计划。为了逃走，就是为了逃走，她准备动身，而且要自己走，除了现在身上穿的，什么也不带，到一个安全地方就行。她想得到沃丁顿的同情，告诉他一切，恳求他帮她回到香港。要么她跪在丈夫面前，承认吓得不行了，即便他现在恨她，他也会讲点人情怜悯她。

这些都不可能。如果她走，能到哪儿呢？她母亲那儿不行，她母亲会让她认清，既然把她嫁了出去，就是要摆脱她。再说，她也不想到她母亲那儿。她想去查理那儿，可他又不想要她。她知道如果她突然出现在他面前他会说什么。她见过他脸上的阴沉表情，见过他那双迷人眼睛后面隐藏着狡猾的冷酷。他很难说出什么好听的话。她紧握双拳，她本该豁出去像他羞辱她那样羞辱他。有时，她心头涌出一股狂暴的情绪，她真希望沃尔特跟她离婚，即使毁了自己，只要也毁了查理就行。查理对她说的一些话，她一想起来就让她羞愧脸红。

35

她第一次单独与沃丁顿在一起的时候，她把话题转向了查理。沃丁顿在他们到达的那天晚上曾提起过他。她佯称查理只是她丈夫的一位熟人。

"我压根就不太得意他。"沃丁顿说,"我一直觉得他招人烦。"

"让你满意一定很难。"吉蒂回答说,那种明快、嘲弄的腔调,她可是信手拈来。"我猜想他一定是香港最受欢迎的人。"

"我知道,他就擅长这个,他有一套笼络人心之道。他天生就能让每个遇到他的人觉得他是你在世界上最想见的人。他总是乐于助人,做些对他来说不在话下的事,即使你想做的事没有办成,他也会让你感觉到你的事谁也办不了。"

"这种特性确实讨人喜欢。"

"魅力,我认为一味的魅力终究会叫人感到有些厌烦。跟一个不太讨人喜欢但更真诚的人打交道才令人感到宽慰。我认识查理·汤森好多年了,但是通过一两件事,我已经看清了他的真面目——你知道,我就是一个海关的下属官员,根本不算什么——我知道,他心中除了自己不在乎世界上的任何人。"

吉蒂懒散地躺在她的椅子里,笑眯眯地看着他。她不停地转动着她手指上的结婚戒指。

"他当然能一路官运亨通,他谙熟官场上的那一套。我坚信,在我有生之年我一定会称他为阁下大人,也会在他进屋时起立致敬。"

"大多数人觉得他应该晋升,人们普遍认为他很有能力。"

"能力?真是胡说八道!他是个非常愚蠢的人。他给你的印象是，才华横溢，干起工作来敏捷顺畅。实际根本不是那么回事，他也是常年奔波忙碌，跟一个欧亚混血的小职员没什么两样。"

"人们认为他如此聪明，这种称誉他是怎么得到的？"

"世界上有很多愚蠢的人，当一个官位相当高的人不摆架子，还拍着他们的后背说他会为他们竭尽全力，他们很可能就认为你智慧。当然，还得提到他的妻子。你说她是个有才干的女人，颇有头脑，她的建议永远值得采纳。只要查理·汤森有她做依靠，他就会顺风顺水，绝不会做出什么蠢事，这也正是一个人想在政府部门仕途畅达必须具备的首要条件。政府不需要聪明的人，聪明的人有主见，有主见就会惹麻烦，他们要的是有魅力和圆滑的人，以及能靠得住不犯大错误的人。哦，不错，查理·汤森终将一路顺风地爬到权力的顶峰。"

"我想知道你为什么不喜欢他？"

"我没有不喜欢他。"

"不过，你更喜欢他的妻子吗？"吉蒂微笑着说。

"我是个守旧的小人物，我喜欢有教养的女人。"

"我倒希望她衣着的品位能像她的教养那样。"

"她穿着打扮不好吗？我从来没注意到。"

"我一直听说他们是一对恩爱夫妻。"吉蒂说，两眼透过睫毛观察着他。

"他非常喜欢她。我赞美他这一点，我认为这是他身上最为正派的一点了。"

"冷淡的赞美。"

"他有些挑逗行为，但都不是认真的。他极为精明，不会让那种事发展到可能给自己找麻烦的地步。当然，他不是一个多情的男人，只是个虚荣之徒，喜欢被人赞美。如今他四十岁，已经发福了。他太会保养了，不过他初到香港时长得非常英俊。我经常听到他妻子拿他的爱情俘虏们跟他开玩笑。"

"她不把他的这些调情当回事儿吗？"

"哦，不，她知道他们走不远，也就是打情骂俏而已。她说她倒希望能跟爱上查理的那些小可怜们交个朋友，不过她们都太一般了。她说爱上她丈夫的女人都是些二流货色，这实在让她感到很没面子。"

*36*

沃丁顿走后，吉蒂琢磨着他不经意说出的话。这些话听起来让人感到不太舒服，她只好假装若无其事的样子掩饰内心受到的触动。想起他说的话句句属实，心里就苦涩得不是滋味。她知道查理愚蠢、虚荣、爱听奉承，她记得他给她讲那些能证明自己聪明的小故事时，那种自鸣得意的样子。他为自己能施展点雕虫小技而自豪。如果她满腔热忱地把爱给这样一个男人，只因为——只因为他有双漂亮的眼睛和健美的身材，那她可真是一文不值！她希望能鄙视他，因为要是她只恨他，她心里明白这说明她还在爱他。他对待她的态度早就该让她睁大双眼了。沃尔特始终瞧不起他。唉，她只要能把他从脑子里彻底清除该有多好！还有，他的妻子会拿她坠入查理情网的事跟他开玩笑吗？多萝西本来是想跟她做朋友的，可她发现自己是个二流货色。吉蒂笑了笑：她的母亲要是得知女儿被这般对待，将会爆发怎样的愤慨呢！

但是夜里她又梦见了他。她感觉到他紧紧地搂着她，他激情似火的双唇亲吻着她的嘴唇。即使他四十岁，身体也胖了，那又何妨呢？她的笑声带着柔情因为他呵护得细微有加。她为他有孩子般的虚荣而更加爱他，她能同情他、安慰他。她醒来时，已泪水满脸。

她不明白为什么她在梦中哭得那么悲惨。

*37*

她每天都能见到沃丁顿，因为他每天工作结束后，都漫步上山到费恩夫妇的平房来。这样一个星期后，他们成了密友，这在其他情况下至少也得一年。一次吉蒂跟他说，要是没有他，她不知道在那儿干什么，他笑着回答说：

"你看，你和我是这里唯一安静平和在实地上行走的人，那些修女是在天上，而你的丈夫——是在地狱。"

虽然她不经意地笑了，但心里纳闷儿他说的话是什么意思。她感觉到他那双快乐的小蓝眼睛正在扫视她的脸，那眼神既和蔼可亲又令人不安。她已经发现他很精明，也感觉到自己和沃尔特之间的关系刺激了他那愤世嫉俗的好奇心。她经常难为他，用这种方式取乐，她喜欢他，她也知道他待她很好。他不机智，也不才华横溢，但看问题一针见血，让你爽快。秃顶下的那张滑稽、孩子般的脸有时冒出一些极为好笑的段子，使人不禁哈哈大笑。他在边远居民点居住了多年，鲜有同肤色的人和他聊天，养成了自由、古怪的性格。他满脑子奇想和怪癖，他的坦率令人耳目一新。他似乎用一种善意玩笑的心境对待生活，对香港居民的嘲讽是尖刻的，他还嘲笑湄潭府的中国官员以及毁掉这个城市的霍乱。他无论讲一个悲情的故事还是一段英雄事迹，都叫人听起来有点荒诞。他讲了许多二十年来在中国遇到的奇闻逸事，你从这些故事中得出结论：地球是一个非常怪异、奇妙、荒唐的地方。

虽然他否认自己是汉语学者（他发誓汉学家们犹如发情期的野兔疯狂），但讲起汉语来非常自如。他很少读书，知道的事情都是从交谈中学到的。他经常给吉蒂讲中国小说和中国历史的故事，尽管他讲的时候难免要带些虚幻的戏谑，但是听起来很亲切，甚至很温馨。也许是下意识地表现出来的，他好像已经接受了中国人的观点——欧洲人野蛮，他们的生活就是一场闹剧，只有在中国过那样的生活，一个理智的人才有可能领悟生活中的几分现实。这令人反思，吉蒂只要听到有人说起中国人，那就是颓废、肮脏和糟糕得无以言表。沃丁顿的故事仿佛帷幕的一角被掀开了片刻，吉蒂瞥见了一个色彩斑斓、意义深远的世界，她连做梦都未曾梦到。

他坐在那里，说着，笑着，喝着酒。

"你不觉得你喝得太多了吗？"吉蒂大胆地对他说。

"这是我生活中非常高兴的事，"他回答说，"再说，喝酒能预防霍乱。"

他离开时，基本上醉了，但不耍酒疯，这样使他变得滑稽可笑，但不令人讨厌。

一天晚上，沃尔特回来得比平时早点，就让他留下吃晚饭。一件怪事发生了。他们喝了汤，吃了鱼，然后那个男仆把一盘新鲜的蔬菜沙拉和鸡肉端了上来。

"上帝啊，你不能吃那东西。"沃丁顿看见吉蒂取了一些沙拉，就叫了起来。

"哦，我们每天晚饭都吃。"

"我妻子喜欢这道菜。"沃尔特说。

这道菜递给了沃丁顿，但是他摇了摇头。

"非常感谢，不过我现在还不想自杀。"

沃尔特冷酷地笑了笑，自己吃了起来。沃丁顿没再说什么，实际上他一下子沉默了下来，非常令人奇怪，而且吃完饭后马上离开了。

的确，他们每天晚上都吃沙拉。他们到达的两天后，厨师——身上有种中国人的冷漠——端上一盘沙拉，吉蒂想都没想就吃了起来。沃尔特迅速地探过身来。

"你不该吃这道菜，这仆人疯了吗，竟然上这道菜。"

"为什么不呢？"吉蒂问道，目光直视他的脸。

"生的蔬菜一直很危险，现在吃它简直是疯了，你会要了自己的命。"

"我就是这么想的。"吉蒂说。

她吃了起来，非常冷静。她也不知道哪儿来的那股故作勇敢的精神。她用嘲讽的眼光观察着沃尔特，她觉得他的脸变得有点白，但是沙拉递给他时，他也吃了。厨师看他们没有拒绝，就天天给他们上这道菜，而他们每天都吃，争相寻死。冒这么大的风险说来也很可笑。吉蒂惧怕这种病，她吃沙拉带着这样的情感：她不仅要如此蓄意报复沃尔特，而且要鄙视自己从恐惧到绝望的心理。

## 38

这事过后的第二天，沃丁顿下午来到了他们的平房，他坐了一会儿后问吉蒂愿不愿意和他一起散散步。自从他们到这儿，她就没有出过这个院，所以欣然同意。

"恐怕没有许多散步的地方，"他说，"不过我们可以到山顶转转。"

"哦，好，牌楼就在那儿，我经常在露台上看到它。"

一个男仆为他们打开了沉重的院门，他们步入了灰尘四起的巷子。他们没走多远，吉蒂惊叫一声，吓得一下子抓住了沃丁顿的胳膊。

"看！"

"怎么了？"

在院子围墙角处，躺着一个男人，两腿绷直，胳膊伸过头顶。他穿着带补丁的蓝色破布衫，蓬头垢面，是当地的乞丐。

"他看上去好像死了。"吉蒂气喘吁吁地说。

"他死了。过来，你最好别往那儿看。我们回来后我叫人把他抬走。"

可吉蒂哆嗦得很厉害，一步也挪不动。

"我以前从未见过死人。"

"你最好抓紧时间适应吧，在你离开这块好玩之地之前，还得见到好多。"

他拉起她的手，挽住他的胳膊，他们默默地走了一会儿。

"他死于霍乱吗？"她终于问道。

"我想是。"

他们走上山顶，来到了牌楼那里。牌楼上有丰富多彩的雕刻，犹如周围乡村的一块地标，矗立在那里，奇妙而讽刺。他们坐在底座上，面对广阔的平原。山丘上布满掩埋死人的绿色小坟包，没有成行，杂乱无章。你不禁感到他们在地下一定是相互拥挤，真叫人不可思议。狭窄的堤道在绿色的稻田中蜿蜒而去。一个小男孩坐在水牛的脖子上，慢悠悠地往家走。三个农民戴着大草帽，肩上担着重物步伐不稳地摇晃而行。一天的酷热之后，这里晚风拂面，令人惬意。广袤的乡野会给受挫的心灵带去宁静的感觉，唤起人的愁思。但是吉蒂无法忘掉那个死去的乞丐。

"你周围的人都在死去，而你怎么能又说又笑还喝威士忌呢？"她突然发问。

沃丁顿没有回答，他转过脸看着她，然后把手放在她的胳膊上。

"你知道，这里不是女人待的地方，"他严肃地说，"你为什么不走呢？"

她透过长睫毛斜视了他一眼，嘴角露出了一丝微笑。

"我想在这种情况下，一个妻子应该陪在丈夫身边。"

"我接到他们给我拍的电报说你和费恩一起来时，我大吃一惊。但后来突然想到也许你是一个护士，所有这方面的事是你的日常工作。我想你是个板着脸的女人，谁要是生病住院，你得把他折磨惨了。当我走进那栋平房，看到你坐着休息时，我真是惊呆了，你看上去非常虚弱、苍白和疲惫。"

"你不能指望我在路上走了九天还容光焕发吧。"

"你现在看上去依然虚弱、苍白和疲惫以及极度不快乐，请原谅我这样说。"

吉蒂禁不住脸红了，可她还能笑出声来，让人听起来也还愉悦。

"很抱歉，你不喜欢我的表情。我看上去不快乐的唯一原因是，从十二岁起我已经认识到我的鼻子有点长。但是怀着别人想知道的悲伤是一种最能捕获人心的方式：你想不到有多少会说话的年轻人想来安慰我。"

沃丁顿那对发光的蓝眼睛盯着她，她知道她说的话他一个字都不会信，可他假装相信，她也就不在乎了。

"我知道你们结婚时间不长，我看出来了你和你丈夫疯狂地相爱。我不能相信他希望你来，也许你坚决不肯留在香港。"

"这种解释很有道理。"她轻松地说。

"是的，但不是正确的解释。"

她等他往下说，她很清楚这个人头脑精明，也知道他直言不讳，所以惧怕对她说三道四，但又忍不住听他对自己的评论。

"我从来没有认为你爱你的丈夫，你不喜欢他，就算你恨他，我也不会感到奇怪，但我敢肯定你怕他。"

她把目光转向了别处，看了一会儿。她不想让沃丁顿看出他说的话影响到了她。

"我怀疑你不太喜欢我丈夫吧。"她用冷淡的嘲讽语气说。

"我尊重他，他有头脑，有性格。我跟你说，这两者兼备很不寻常啊。我想你不知道他在这里干什么，因为我觉得他不会什么事都跟你说的。要是有人能单枪匹马止住这场可怕的瘟疫，那就是他了。他诊治病患，清理城市，竭力净化饮用水。他不介意去什么地方，做什么事情。他一天要冒二十次生命危险。他掌控了俞上校，说服了俞上校把军队交由他调遣。他甚至让地方官增加了勇气，这位老头子真的要干点什么了。修道院的修女们也对他极其信赖，她们认为他是英雄。"

"你不这样看吗？"

"毕竟这不是他的工作，对吗？他只是细菌学家，没人叫他到这里来。他给我的印象是他并不是出于对那些死去的中国人的同情。沃森就不一样了，他热爱人类。虽然他是个传教士，但是对他来说，无论你是基督教、佛教还是儒家，没有什么不同。他们都是人类。你丈夫到这儿根本不是因为他在乎十万中国人死于霍乱，他也不是为了搞科研。他为什么来这儿呢？"

"你最好问他。"

"看到你们俩在一起时的情形我很感兴趣。我有时很想知道你们单独在一起时是什么样的。我在时，你们在演戏，两人都在演，但演技实在太差。如果那是你们尽其所能的最佳表现，那么你们俩在巡演剧团里一个星期都挣不到三十先令。"

"我不懂你这是什么意思。"吉蒂微微一笑，仍然装作一副轻浮的样子，她很清楚这欺骗不了谁。

"你是个非常漂亮的女人，而你丈夫竟从来不看你一眼，这很怪。他对你说话时，声音听起来好像不是他的而是别人的。"

"你认为他不爱我吗？"吉蒂用嘶哑的嗓子低声问，她的轻佻突然间也不见了。

"我不知道。我不知道是你使他对你充满了极大的反感，让他靠近你都起鸡皮疙瘩，还是他爱火熊熊，由于某种原因释放不出来造成的。我曾问过自己你们两人是不是到这儿来自杀的。"

吉蒂这才明白，吃沙拉时，沃丁顿对他们呈现出的吃惊的眼神和若有所思的表情。

"我觉得几片生菜叶叫你小题大做了。"她轻率地说，然后站了起来，"我们回去好吗？我可以肯定你想喝杯威士忌加苏打水了。"

"不管怎样，你不是女英雄，你吓得要死，你确定你不想走吗？"

"这与你有什么关系吗？"

"我会帮你。"

"我难言之隐的表情也让你怜香惜玉了吗？看看我的侧脸，告诉我，我的鼻子是不是有点长。"

他若有所思地凝视着她，那双明亮的眼里透着恶意、嘲讽的神情，但是里面还拥有一种极为特别的关爱之情，它是一片影子，犹如河边挺立的一棵树留在水里的映象。泪水顿时溢满吉蒂的眼眶。

"你必须留在这儿吗？"

"是的。"

他们穿过华丽的牌楼，下了山。当他们回到院子墙角时，又看到了那个死去的乞丐。他拉起了她的胳膊，但她挣脱了。他一动不动地站在那里。

"可怕，对吗？"

"什么？死亡吗？"

"是的。死亡使一切显得那么的微不足道，他没有人样了。你看到他，你就很难说服自己他曾经是个活人。很难想象不几年前他只是个孩子，放着风筝，冲下山去。"

她忍不住抽泣起来。

## 39

几天以后，沃丁顿和吉蒂坐在了一起，他手里端着一大杯的威士忌加苏打水，跟她聊起了女修道院。

"院长是个非常了不起的女人，"他说，"那群修女告诉我，她的家族属于法国最大家族之一，但没告诉我是哪家。她们说，院长不希望叫别人谈论这个。"

"如果你感兴趣，为什么不问她？"吉蒂微笑着说。

"如果你认识她，你就会知道，问她不谨慎的问题是不可能的。"

"她能令你如此敬畏，肯定是非常了不起。"

"我有个她要我捎给你的口信，她叫我对你说，当然你可能不愿冒险到瘟疫的中心区，但如果你不介意的话，她将非常荣幸地领你在修道院四处看看。"

"她人真好。我真没想到她还知道我也在这里。"

"我提到过你。最近我一个礼拜去那儿两三次，看看是否有什么我能做的。而且我敢说你丈夫也跟她们说过你。你会发现她们对他无限地钦佩，对此你得做好准备。"

"你是天主教徒吗？"

他那对不怀好意的眼睛眨了眨，笑了起来，滑稽的小脸布满了褶皱。

"你为什么冲着我笑？"吉蒂问。

"信天主教有什么好处吗？不，我不信天主教。我把自己说成是英格兰圣公会的成员，我认为，这是你在表达什么教都不太信时用的不会冒犯别人的方法……院长十年前来这儿的时候，带来了七个修女，现在只剩下三个，其余都死了。你知道，湄潭府鼎盛时也不是疗养胜地。她们住在这个城市的正中，在最穷的街区，她们工作非常辛苦，从未有过假期。"

"那现在就剩下院长和三个修女了吗？"

"哦，不，又来了几个接替了死去的修女，现在共有六个人，瘟疫刚流行时就有一个死于霍乱，然后从广州又赶来了两个。"

吉蒂哆嗦了一下。

"你冷吗？"

"不，就是无缘无故地打了个寒战。"

"她们来自法国，离开那里就等于永别了。她们不像新教的传教士，有时享有一年的休假。我总是在想她们背井离乡是最严酷的事了，我们英国人不太依恋故土，能四海为家。但是，我觉得法国人很依恋他们的故乡，这差不多是一种与生俱来的东西。他们一旦离开了故乡，就再也不会感到有真正的安逸。

这些女人竟能做出这样的牺牲，对我来说，好像总是深受感动。我想假如我是一个天主教徒，我这样做似乎非常自然。"

吉蒂冷静地看着他，她不太明白这个小个子男人说话时的情感，她问自己这是不是在作秀。他已经喝了不少威士忌，也许不太清醒了。

"你自己过去看吧。"他说，揣测着她的心思，脸上露出嘲弄的微笑，"不会比吃个西红柿更危险的。"

"你不怕，我有什么可怕的呢。"

"我想会让你愉快的，那里有点法国的味道。"

### 40

他们乘坐一条小舢板过了河。接吉蒂的轿子正在栈桥等候，她被抬着上了山，来到水闸处，苦力们就是通过这里从河里取水。他们来回穿梭，肩上搭着的轭两头挂着大水桶，堤道被水溅得很湿，好像下过一场大雨。吉蒂的轿夫大声吆喝催促他们让路。

"当然，什么事都停了。"沃丁顿说，他在她的旁边走着，"正常情况下，你得跟从小船那里上下货的苦力们抢道才行。"

街道狭窄弯曲，吉蒂完全迷失了前行的方向。许多商铺关门了。来湄潭府的途中她已经习惯了中国街区的杂乱无章，但是这里的垃圾污物堆积了几个星期，臭气熏天，她只好用手帕捂住鼻子。以前她经过中国的城镇时，总是被很多人盯得不舒服，但是现在她注意到，投来的眼光只是淡漠的一瞥。路人不像以往那样拥挤而是稀稀落落，好像专心忙于自己的事。他们无精打采，被恐惧所笼罩。他们不时路过一所房子，就能听到锣鼓声和不知什么乐器发出的那种凄厉、持续的哀鸣。在那些关闭的房门后，都躺着一个死人。

"我们到了。"沃丁顿终于说。

轿子在一扇小门前放了下来，门顶上镶嵌着一个十字架，门两侧是长长的白墙。吉蒂走出了轿子，沃丁顿按了按门铃。

"你绝不能指望有什么隆重的场面，你知道，她们穷得叮当响。"

一个中国女孩开了门，沃丁顿跟她说了一两句话，她就领他们进了走廊旁边的一个小屋子里。屋里摆着一张大桌子，上面铺着一块带格子的油布，靠墙放着几把硬木椅子，屋子的一端有一尊圣母玛利亚石膏雕像。一会儿，一个修女走了进来，又矮又胖，一张普通的脸，脸颊红润，眼神愉悦。沃丁顿称她圣约瑟修女，他把吉蒂介绍给了她。

"是医生的夫人吧？"她满脸笑容地问道，接着又说，院长马上过来。

圣约瑟修女不会讲英语，而吉蒂的法语也是结结巴巴。但是沃丁顿能说一口流利的法语，尽管不确切，也能口若悬河地来一通诙谐的评论，逗得这位性情开朗的修女前俯后仰。她那快乐、爱笑的样子令吉蒂大吃一惊。她原以为笃信宗教的人总是一脸严肃，而这位修女孩子般的甜蜜欢喜深深触动了她。

### 41

门开了，吉蒂觉得很惊奇，觉得门不是人打开的，好像是自己转开似的，院长走进了这间小屋。她在门口站了一下，看到笑成一团的修女和沃丁顿那张充满皱纹的滑稽脸后，嘴角现出凝重的微笑。接着，她走上前来，向吉蒂伸出了一只手。

"费恩夫人吗？"她的英语口音很重，但发音准确，她一边说一边向吉蒂微微躬了一下身子。"能够认识我们非常勇敢的医生的夫人，是我莫大的荣幸。"

吉蒂发现，院长用一种坦然的眼光长时间地审视着她，非常坦诚，没有一点失礼。你会觉得这个女人的本职就是评价他人，你根本没必要以各种托词向她隐瞒什么。她庄重、亲切，示意客人就座，然后自己也坐了下来。圣约瑟修女站在院长的一旁，靠后一点儿的地方，她的脸上还留着笑容，但不再出声。

"我知道你们英国人喜欢喝茶，"院长说道，"我已经叫人准备了，不过我得表示歉意，我们是按中国的方式来喝茶。我知道沃丁顿先生更喜欢威士忌，但是恐怕我不能提供给他。"

她微微一笑，暗淡的眼光里有一丝怨恨。

"唉，好了，我的院长，你这话说得我好像是个老酒鬼似的。"

"我倒想听到你说你不再喝酒了，沃丁顿先生。"

"我什么时候都说，我从不喝酒，只喝醉。"

院长笑了，还把沃丁顿耍贫嘴的话用法语说给了圣约瑟修女。圣约瑟修女用友善的目光看着沃丁顿。

"我们必须体谅沃丁顿先生，因为有两三次我们身无分文，不知道怎么养活那些孤儿，都是沃丁顿先生帮助了我们。"

这时给他们开门的那位皈依者端着一个盘子进来，上面摆放着几个中国的茶杯、一个茶壶以及一碟法式小蛋糕，称为玛德琳蛋糕。

"你们一定得吃玛德琳蛋糕，"院长说，"这是圣约瑟修女今早亲手给你们做的。"

他们聊了些平凡的话题。院长问吉蒂在中国待了多久，从香港到此地一路旅途是否很劳累，问她去过法国没有，香港的气候是否难以忍受。交谈的内容琐碎但气氛友好，有一种与当前环境有别的特殊味道。会客室非常安静，你很难相信你是在一座人口稠密的城市的中心，平静笼罩着那里。然而瘟疫在四处肆虐，人们惊恐不安，但被一个具有坚强意志的军人控制着，其人犹如土匪。修道院墙内，医疗室挤满了染病和垂死的士兵，修女们照看的孤儿们死去了四分之一。

吉蒂深受感动，也不知道缘由，她观察着这位庄重沉稳、亲切地问她这些问题的女士。她一身白衣，衣服上唯一的颜色是绣在胸前的那枚红心。她是个中年女人，可能四十岁或五十岁，很难说清，因为她光滑、苍白的脸上几乎没有皱纹。她给你的印象是：她远非年轻，主要从她端庄的举止，言语的自信以及那双坚强、美丽但憔悴的手上判断而来。她长脸形，大嘴，牙齿大而整齐；她的鼻子虽说不小，但长得精巧灵敏；又黑又细的眉毛下，那双眼睛使她的脸呈现出强烈而悲壮的特征。她的眼睛非常大而且黑，尽管一点不冷漠，但你也会被其沉着坚定的目光所折服。当你见到院长时，第一个念头就是她在姑娘时一定是个美人，但马上你就会意识到这是一位女士，她的美——取决于性格——随着时光的流逝已变得成熟。她的声调低缓、深沉、有节制。无论她说英语还是法语，语速都很慢。但是她身上最显著的东西是在从事基督教慈善事业中锻炼出的权威气质，你会觉得她习惯于发号施令。对她的服从很自然，而她用谦卑的态度接受他人的服从。你能看得出来她笃信教会的权威，是教会力量支撑着她。不过吉蒂心里猜测，尽管她苦苦修行，仍然会用人类的宽容之心来包容人性的弱点；否则，你不可能看见当她在听沃丁顿满不在乎地胡说八道时，她严肃的脸上露出的微笑，你也不会确信她对可笑的事情也具有鲜活的感知力。

吉蒂隐约地感到她身上还有一种特性，只是说不出来是什么。尽管院长的真挚以及高雅的礼仪让吉蒂觉得自己像个笨拙的女学生，就是这种特性使她们之间隔着一段距离。

### 42

"先生怎么不吃呀。"圣约瑟修女说。

"先生的胃口被满族的烹饪毁了吧。"院长答道。

圣约瑟修女脸上的笑容没了，呈现出一副拘谨的面孔。沃丁顿恶作剧地瞥了一眼拿起一块蛋糕。吉蒂不明白这个小插曲。

"为了向你证明你的话多么不公平，院长，我要在等着我的那顿极好的晚宴上大吃一顿。"

"如果费恩夫人想看看修道院，我很乐意带她去转转。"院长转向吉蒂，脸上带着一种歉意的微笑。"很抱歉，你正好赶上一切都很混乱。我们有太多的工作要做，而且修女们人手不够。俞上校一再要求让我们把医疗室用来处置那些有病的士兵，所以我们只有把食堂当作孤儿的医疗室。"

她站在门口，让吉蒂先过去，然后一起走进冷白色的走廊，后面跟着圣约瑟修女和沃丁顿。他们先走进一个空荡荡的大房间，几个中国女孩正在做着精心的刺绣。客人进屋时，她们站了起来。院长给吉蒂看了她们绣的样品。

"尽管瘟疫流行，我们没有停下来，因为这样能让她们忘掉危险。"

他们走进第二个房间，更年少的女孩正在做简单的缝纫——卷边和缝合。接着进了第三个房间，里面只是一些小孩子，由一个中国的皈依者照看着。他们正玩得热闹，见到院长进来都围了上来，他们都是两三岁的孩子，长着中国人的黑眼睛和黑头发。有的抓住她的手，有的藏到她的大裙子里。她严肃的脸上露出迷人的微笑，她抚摸着他们，她开了几句小玩笑，虽然吉蒂听不懂汉语，但也能猜出这些话是些爱抚之类的。她打了个冷战，因为这些孩子穿着一样的衣服，面黄肌瘦，发育不良，加上扁鼻子，她觉得他们看上去几乎不像人。他们令人反感，但是院长站在他们中间犹如上帝对人类的博爱。她想离开时，他们不愿让她走，都来缠着她，她只得一边赔着笑脸劝说，一边费点气力脱身。他们无论如何也不会觉得在这个伟大的女士身上有什么令人害怕的东西。

"当然，你知道，"走到走廊的另一头时，她说，"说他们是孤儿只是因为他们的父母希望摆脱他们。每一个被送来的孩子，他们的父母都能得到我们给的一些钱，否则家长们不愿找累赘，干脆把孩子弄死。"她转身问那个修女，"今天有送来的吗？"

"四个。"

"现在，瘟疫流行，家长们更不愿意受这些没用的女孩的拖累。"

她领吉蒂看了宿舍，然后路过一扇门，上面写着"医疗室"的字样。吉蒂听到阵阵的呻吟和大声的喊叫，这些声音听起来不是人类而是其他非人的生物在痛苦时发出来的。

"我就不叫你看医疗室了，"院长用平静的声调说，"没有人愿意看那种景象。"她突然想起了什么，"不知费恩医生在这儿没？"她看着那位修女问，后者带着愉快的微笑打开门溜了进去。吉蒂往后退缩了一下，因为门一打开她听到了里面更可怕的吵闹声。圣约瑟修女出来了。

"现在没在，之前他一直在，一会儿就能回来。"

"六号怎么样了？"

"可怜的孩子，他死了。"

院长在胸前画了个十字，嘴唇嚅动，默默地做了个短暂的祈祷。

他们经过一个院子，吉蒂看到地上并排放着两个长形状的东西，上面盖着一块蓝布。院长转向沃丁顿说，"我们床位很少，只得两个病人用一张床，一旦有一个死去，必须马上抬走好给另一个腾地方。"最后，她微笑着对吉蒂说，"现在我们带你去看看我们的小教堂，我们为此感到十分骄傲。前不久，我们一位法国朋友给我们送来了一尊与真人大小一样的圣母玛利亚雕像。"

*43*

小教堂只是一个又长又矮的房间，粉白的四壁，有几排松木长椅。一端是摆着塑像的祭坛，那塑像是石膏做的，涂有天然的色彩，非常新鲜、明亮，很是耀眼。塑像的后面有一幅耶稣被钉在十字架上的油画，十字架的底部有两个仪态过度悲痛的玛利亚画像。这幅画画得很糟糕，涂上的深颜色说明作者根本不懂颜色的美。四周墙壁上还画有十四幅耶稣受难像，都出自同一位不成功的画工之手。这座小教堂丑陋粗俗。

两位修女一进门便跪下祈祷，然后才站起来，院长和吉蒂又聊了起来。

"东西运到这儿时，能碎的都碎了，只有我们面前的这尊塑像例外。由我们的捐助者从巴黎运来，没有损坏一丝一毫，毫无疑问，这是个奇迹。"

沃丁顿那双恶毒的眼睛瞬间一亮，不过他管住了自己的嘴巴。

　　"塑像后面的祭坛画和四周的耶稣受难画是我们的一个修女画的，她名叫圣安塞尔姆。"院长比画个十字，"她是一个真正的艺术家，不幸的是，她死于这场瘟疫。你不认为这些画很漂亮吗？"

　　吉蒂支支吾吾地给予了肯定。祭坛上有几束纸花，蜡烛台装饰得花里胡哨。

　　"我们很荣幸能在这里举行圣餐礼。"

　　"是吗？"吉蒂说，她没有明白什么意思。

　　"在发生如此可怕的麻烦期间，这样的地方是对我们的极大安慰。"

　　他们离开了小教堂，又回到了他们开始落座的那个会客室。

　　"你愿意在你离开前看看今天早晨送来的婴儿吗？"

　　"非常愿意。"吉蒂说。

　　院长把他们领进走廊另一端的一个小屋。桌子上，一块布的下面有什么奇怪的东西一个个在动。修女把布掀开，露出四个光溜溜的婴儿。他们浑身通红，胳膊和腿不停地乱动，很滑稽，他们那副中国人的古怪而有趣的小脸形成了一些怪相。他们看上去不像人类，像些未知物种的奇怪动物，可是你见到的确实是一个个在动的东西。院长看着他们，开心地笑了。

"他们好像很活泼，有时孩子刚送来就死去了。当然他们一来，我们马上给他们施行洗礼。"

"夫人的丈夫见到他们一定很高兴，"圣约瑟修女说，"我觉得他能跟这些婴儿玩上几个小时。孩子一哭，他就把他们抱起来，让他们在他的胳膊肘上舒舒服服地躺着，孩子们笑脸盈开。"

吉蒂和沃丁顿到了门口，吉蒂庄重地感谢了院长不辞辛苦地接待他们。这位修女谦卑地鞠了一躬，顿时显得高贵又和蔼可亲。

"我感到非常荣幸，你不知道你丈夫对我们多么的仁慈，给我们多大的帮助，他是天堂派给我们的使者。我很高兴你能跟他一起来。他回到家里，一定会感到很大的安慰，因为有你、有你的爱，还有你的——你的可爱的脸。你一定照顾好他，别让他工作得太辛苦，一定为我们照顾好他。"

吉蒂脸红了，她不知说什么才好。院长伸出了手，吉蒂握住这只手时，意识到院长那双平静、若有所思的眼睛盯着她，眼神虽然超脱但带有一种深深的理解。

圣约瑟修女随后关上了门，吉蒂上了轿。他们沿着狭窄、蜿蜒的街区返回。沃丁顿说了句漫不经心的话，吉蒂没有回答。他转过身子，可轿子的侧面挂着帘子，他看不见她。他默默地走着。但是他们到了河边，她下了轿，令他惊奇的是他看到她泪流满面。

"怎么了？"他问，满是皱纹的脸上有一种惊慌的表情。

"没什么，"她尽力在微笑，"就是愚蠢。"

*44*

吉蒂又是一个人待在已故传教士的破旧客厅里，她躺在面对窗户的长椅上，出神地望着河对岸的寺庙（临近黄昏，它又显得虚幻、可爱），她尽力在理顺心中的情感。她压根就没有想到，这次造访女修道院会如此地感动她。她去那里出于好奇，也没有别的什么事情要做，而且对河对岸那座被墙围住的城市也关注了那么多天，她还真想看一看它的神秘街区。

但是一进了女修道院，她好像被带到了另一个世界，没有时空的存在，非常奇怪。那些空荡荡的房间和白色的走廊虽然单一简朴，却好像有一种精神的东西，遥远而神秘。那间小教堂，那么丑陋粗俗，已经原始到了可怜的地步；可它却拥有雄伟的大教堂那彩色玻璃画窗和油画所渲染出的宏伟壮观中所缺少的东西——谦卑；人们对它的信仰、人们对它的珍爱赋予了它精美的灵魂。瘟疫在肆虐，而女修道院的工作仍有条不紊地在继续，这显示出面对危险的一种冷静和一种务实精神，实际上就是对这场劫难的天大讽刺，给人留下了深刻的印象。吉蒂的耳畔仍然回响着圣约瑟修女打开医疗室房门的一瞬间她听到的可怕惨叫声。

她们那样评价沃尔特是她没有想到的。先是圣约瑟修女，然后是院长本人，她赞扬他时语气非常温柔。说来也怪，知道她们认为他那么好时，她竟然感到一阵骄傲。沃丁顿也讲过沃尔特做的一些事，修女们称赞他的不仅是他的医术（在香港她就知道有人说他聪明），而且还有他的体贴和亲切。当然，他能做到非常温柔，如果你病了，他会尽全力照顾你；尽量不刺激病人，动手触碰病人也让你感到舒适、惬意和安慰。就像施了什么魔法，只要他一出现，似乎就能够解除你的痛苦。她知道她再也不会在他的眼里看到爱慕的神情，她曾是那样的习惯，甚至感到厌倦。如今她知道他的爱心是何等的宽阔，他用某种古怪的方式将这种爱倾注到这些可怜的病人身上，成为他们唯一的指望。她没有感到嫉妒，只是有种空虚感，就好像她一直习惯的、没有意识到有它存在的一个扶手被突然抽走，使她像一个头重脚轻的东西那样一下子失重摇摆起来。

因为她曾鄙视过沃尔特，而今只有鄙视自己了。他一定知道她当初是怎么看他的，他接受了她的看法，没有怨恨。她是个笨蛋，他心知肚明，可因为他爱她，这一点对他来说毫无影响。如今她不恨他也不生他的气，而是相当害怕和感到困惑。

她不得不承认他有非凡的品质，有时她认为他身上甚至有一种奇怪的、不吸引人的伟大之处。那么这就怪了，她竟然不爱他，却还爱着一个如今她已看清了的分文不值的男人。她想啊想，通过一个个漫漫长日的思忖，她准确地评价出了查理·汤森的价值：他就是个凡人，二流品质。她要是能抹去还在心头徘徊的那份爱该有多好啊！她尽力不去想他。

沃丁顿也高度评价沃尔特，唯独她看不到他的优点，为什么？因为他爱她，她却不爱他。一个男人因为爱你而被你鄙视，这就是人心吗？但是，沃丁顿承认他不喜欢沃尔特，男人都不喜欢他。很容易看出那两位修女对他的感情是一往情深，他在女人眼里全然不同，尽管他羞怯，可你会感到他身上透出一种细腻的亲情。

*45*

不过说到底，令她最感动的还是那两位修女。圣约瑟修女长着一张快乐的面孔和像苹果一样红的脸颊，她是十年前跟随院长来中国的几位修女之一，她目睹了她的同伴一个个地死于疾病、贫困、乡愁，然而她依然快乐和幸福。是什么赋予了她那天真、可爱的性情？然后是这位院长，吉蒂幻想院长又站在她的面前，她又感到卑微、惭愧。虽然院长那么朴素和自然，但是她天生具有一股尊严，令人敬畏。你无法想象有谁能对她不尊敬。圣约瑟修女站立的姿态、每一举手投足和答话的语调显示出她是从心底里服从的；沃丁顿生性轻佻、无礼，他的语调表明他是相当收敛的。吉蒂觉得沃丁顿告诉她院长出身于法国一家望族是没必要的，她的言谈举止已经暗示出她的古老血统，她的权威没有人认为能够违背。她有贵夫人的屈尊和圣人的谦卑。在她坚定、端庄、沧桑的脸上，有一种修行的清苦，可又充满热情；同时还有一种渴望和温柔，这使得那些孩童簇拥在她的身旁，嬉笑吵闹，毫无惧色，沉浸在她的深爱之中。当她看着那四个新生儿时，脸上露出了甜美而又意味深长的微笑，就像一缕阳光洒在荒凉的原野上。圣约瑟修女随口谈到沃尔特和孩子们的情形感动了吉蒂，这让她感到奇怪；她知道他极为想要她生个孩子，可是她绝不相信像他这样沉默寡言的人能放下身段，用迷人和搞笑的温情去哄孩子。多数男人哄孩子笨手笨脚、摸不着头脑，可他不是，真怪！

然而除了那段感人的经历之外，还有一片阴影（犹如银色的云彩镶了一圈暗线），清晰可见挥之不去，使她困惑。在圣约瑟修女的爽朗笑声中，尤其是在院长优雅的待客礼仪之中，吉蒂感到有一种超然离群的感觉在折磨着她。她们很友好甚至很亲切，但同时觉得她们还隐瞒着什么，她弄不清楚那是什么，所以她意识到她只不过是一位偶然到访的陌生人。她和她们之间有一道屏障，她们说着不同的语言，不仅语言不同，心思也不同。修道院的门在她身后关上时，她就感觉到她们已经把她忘得一干二净，一刻不耽搁地去做还没有完成的工作，对她们来说，她或许根本没存在过。她感觉到她不仅是被关在了那所修道院的门外，而且被关在了她全身心追求的某种神秘的精神花园之外。她忽然感到了前所未有的孤独。那就是她哭泣的原因。

这时她疲惫地把头靠在椅子上，叹了口气说："唉，我真是一文不值啊。"

46

那天晚上，沃尔特比平时早一点儿回到了那栋平房。吉蒂正躺在长椅上，旁边是敞开的窗户。天色几乎黑了下来。

"不想点盏灯吗？"他问。

"吃晚饭时他们会拿来一盏。"

他总是对她随口说些琐碎的事，好像他们是友善的老相识，而且他的态度让你永远也看不出他内心藏有怨恨。他从不看她的眼睛，也从不微笑，处处小心翼翼，不忘礼貌。

"沃尔特，如果我们熬过这场瘟疫，你建议我们做点什么？"她问。

他等了一会儿才回答，她看不见他的脸。

"我没有想过。"

过去的时候，她想起什么就随口说什么，说话前从来不用考虑。如今她怕他，她感觉嘴唇颤抖，心脏怦怦直跳。

"今天下午我去修道院了。"

"我听说了。"

尽管她语不成句，但还是强迫自己说了出来。

"你把我带到这儿来，真想让我死吗？"

"如果我是你，就不会再提这事，吉蒂。我认为谈论这事不会带来任何好处，我们最好把它忘掉。"

"可是你没忘，我也忘不了。从到这儿以来，我就一直在想。你不愿意听听我要说的话吗？"

"当然愿意。"

"我待你很不好，对你也不忠。"

他一动不动地站着，那种不动异常的可怕。

"我不知道你是否明白我的意思，那种事对于女人来说，一旦过去也就没有什么了不起的了。我认为女人绝不会完全懂得男人所持的态度。"她唐突地说，发出的声音连她自己都认不出了。"你知道查理是什么样的人，也早就知道他要干什么。

嗯，你说得很对，他就是个贱骨头。我想当初我要不是和他一样下贱的话，是不能上他的当的。我不求你原谅我，也不求你像过去那样爱我，但我们不能做朋友吗？在我们周围成千上万的人在死去，还有修道院里那些修女……"

"她们跟这有什么关系？"他打断了她。

"我也解释不清楚。我今天到那儿之后，就有了这么一种感觉，这种感觉似乎意义重大。一切都那么可怕，而她们的自我牺牲精神又那么了不起，我不禁感觉到——你是否明白我的意思——你因为一个愚蠢的女人对你不忠而作贱自己，那就太不值了，也很荒唐。我这个人毫无价值，无足轻重，不值得你为我分心。"

他没有回答，但也没有走开，他好像在等她继续说下去。

"沃丁顿先生和修女们给我讲了很多关于你的非常了不起的事情，我非常为你骄傲，沃尔特。"

"你曾经不是这样。你过去瞧不起我，现在不了吗？"

"你不知道我怕你吗？"

他又沉默了。

"我没听懂你的意思。"他最后说道，"我不知道你到底想要什么。"

"我自己什么也不想要，我只是想要你更快乐一点。"

她感到他这个人僵硬起来，答话时声音非常冷淡。

"你认为我不快乐，那你就错了。我有太多的事情要做，很少有时间想你。"

"我很想知道修女们是否愿意让我到修道院工作。她们非常缺人，如果我能帮上什么，我会非常感谢他们。"

"那可不是什么轻松愉快的工作，我怀疑用不了多久你会烦的。"

"你就这样看不起我吗，沃尔特？"

"不。"他犹豫了，声音也怪了起来，"我看不起我自己。"

## 47

晚饭过后，沃尔特像往常一样坐在灯前看书。每天晚上，他读书直到吉蒂睡觉，然后走进一间实验室，那是平房的一间空屋改造而成。在那儿，他工作到深夜，觉睡得很少，全身心地投入到实验中，至于什么实验吉蒂也不懂。关于他的工作，他对她一字不提，即使在过去，工作上的事他也一直是缄口不语，他生性就不张扬。她沉思着他刚才对她说的话，这次对话没有什么结果。她对他了解得太少，所以她不能确信他的话是真还是假。在他眼里，她已经完全不存在了，而对她来说，他的存在是那么的不吉利，能有这种可能吗？过去她的谈话曾经使他愉悦，因为他爱她；如今他不再爱她，所以她的谈话对他来说也许只有乏味之感。想到这些，她感到羞愧。

吉蒂看着他。灯光映出他头部的轮廓，仿佛一尊浮雕。他那眉清目秀、端庄整齐的面孔非常醒目。不过，表情超出了严肃而是冷酷：只有他的眼睛随着书页翻动而移动，整个身体纹丝不动，这让人有种茫然的恐惧。谁会想到这张严酷的脸能被热情融化，露出款款柔情呢？她知道这一点，所以心中激起一股厌恶。很奇怪，他英俊、诚实、可靠、多才，可她就是不能爱上他。她不再忍受他的爱抚反倒是一种解脱。

她问他当初逼迫她来这儿是不是真想让她死，他不想回答。这个谜团吸引着她，又令她惊悸。他是特别的善良，不可能有那种邪恶的念头。他让她到这里只是想吓唬吓唬她，也报复一下查理（这很像他嘲讽的性情），后来由于固执或担心被别人嘲笑才坚持到底让她来这儿。

是的，他说他鄙视自己，这话是什么意思？吉蒂又看了看他沉着、冷静的脸，他丝毫没有意识到她的存在，好像她根本就不存在。

"你为什么鄙视自己？"她问，几乎不知道自己在说话，仿佛早些时候的交谈仍在继续。

他放下了书，观察着她，一副若有所思的样子，好像要把自己的思绪从遥远的地方找回来。

"因为我爱你。"

她脸红了，把目光移开。她无法忍受他冷淡、沉稳、品评的凝视。她明白他的意思，过了一会儿她才回答。

"我认为你对我有失公正。"她说，"你因为我愚蠢、轻佻、粗俗而责备我，这不公平。我就是这样长大的，我认识的所有女孩都这样……就像因为有人不喜欢交响乐，他就被责备不懂欣赏音乐。你因为我不具备的某些品质而责备我，这公平吗？我从来没想欺骗你，伪装成别的样子。我只是漂亮、快乐。你不会到集市的摊位上买珍珠项链和黑貂皮大衣，你想买的不过是锡做的喇叭和玩的气球。"

"我没有责备你。"

他的声音疲惫。她开始对他有些不耐烦了。他怎么就不明白，与生活在死亡恐惧的阴影下相比，与那天她看到的敬畏之美相比，他们之间的事儿是微不足道的呢？而她突然之间已经明白了一切。一个愚蠢的女人红杏出墙又算得了什么呢？为什么她的丈夫在崇高的工作面前还对这种事耿耿于怀呢？奇怪的是沃尔特聪明绝顶竟然分不清孰轻孰重。因为他把一个洋娃娃装扮上了华丽的长袍，放在神殿里供奉起来，后来发现洋娃娃里面充填的都是木屑，他就无法原谅自己，也无法原谅她。他的灵魂被撕裂了，他一直活在一种虚假的构想之中，而当真相打碎了假象，他认为现实本身也被打碎了。这点千真万确，他不能原谅自己，也就不能原谅她。

她觉得她听见他微弱地叹了声气，就扫了他一眼。突然她脑子里闪出一种念头，使她大吃一惊，差一点喊出声来。

他遭受折磨的就是人们所说的——破碎的心吗？


48


第二天一整天，吉蒂想的都是修道院的事。第三天一早，沃尔特刚走，她带着女仆坐上轿过了河。天刚蒙蒙亮，渡船上挤满了中国人，有的农民穿着蓝衣服，一些有身份的人穿着黑长袍。他们的表情奇怪，犹如死人正在被送往阴曹地府。他们上了岸，就在岸边很茫然地站一会儿，好像不太知道去哪儿，过了一会儿才三三两两地向山上走去。

这个时候，街上空荡荡的，比任何时候都更像一座死城。路人有种神不守舍的样子，让人觉得他们都是些鬼魂。天空万里无云，初升的太阳把天上的温暖洒向大地；难以想象，在这样新鲜、愉悦、欢乐的早晨，这座城市却在瘟疫的魔爪下苟延残喘，像一个生命正被一个疯子的双手卡住了咽喉而奄奄一息的人。令人不可思议的是，人们在痛苦中挣扎、在恐惧中死去，而大自然（蓝色的天空清澈透明，宛如一颗童心）竟然无动于衷。当轿子在修道院门口被放下时，一个乞丐从地上站起来，向吉蒂要施舍物。他穿着褪色、不成样子的破旧衣服，那衣服好像是从粪堆里扒出来的。透过这身破烂的衣服，你可看到他的皮肤，坚硬、粗糙、晒得黝黑，如同一张山羊皮。他赤裸的双腿瘦骨嶙峋，他的脑袋满头粗糙的白发，面颊凹陷，眼神狂乱，简直就是一张疯子的脸。吉蒂惊恐万状转过身来，轿夫用粗暴的口气叫他走开，可他缠扰不休，为了摆脱他，吉蒂颤抖地给了他几块钱。

门开了，女仆向门内的人解释说吉蒂希望见到院长。她再次被带到了那间没有生机的会客室，屋里有一扇窗户，似乎从未打开过。她在那里坐了很久，不禁怀疑她的话是不是没有带到。最终，院长走了进来。

"恳求原谅，让你久等了。"她说，"我没想到你来了，我正忙得抽不开身。"

"对不起打扰您了。恐怕我来得不是时候。"

院长朝她肃然而亲切地微笑着，并请她坐下。但是吉蒂看到她的眼睛肿了，看上去她刚哭过。吉蒂很惊讶，因为院长给她的印象是：她是一位不会被人间烦恼所困扰的女人。

"恐怕发生什么事情了吧，"她支吾地说，"你是不是想要我回去？我可以改日再来。"

"不，不用。你有什么事，请讲。只是……只是昨天晚上我们的一个修女去世了。"她的声音不再平和，眼里充满了泪水。"我不该悲痛，因为我知道她非常单纯的灵魂已经升入天堂，她是位圣人；但是人的弱点总是难以控制。恐怕我不是始终都非常理性的人。"

"我很遗憾，非常非常遗憾。"吉蒂说。

她的同情心一下子使她的声音呜咽起来。

"她是十年前随我一起从法国过来的修女之一，现在只剩下我们三个人了。我记得，我们一小伙人站在船的一头，当蒸汽船驶离马赛港，我们看着圣母玛利亚的金色塑像，一起祈祷。入教以来，我最大的希望就是能够到中国来，可当我看到故土渐行渐远时，禁不住流下了泪水。我是她们的院长，我没有给孩子们树立一个好榜样。当时，圣弗朗西斯·泽维尔修女——昨晚死去的那位修女的名字——拉着我的手，让我不要悲伤。她说，无论我们在哪儿，法国和上帝都与我们同在。"

那张严峻、端庄的脸被悲痛和抑制泪水的努力所扭曲，这种悲痛源于她的人性，而眼泪是她的理性和信仰不允许的。吉蒂扭过头去，她觉得凝视别人感情的挣扎是不礼貌的行为。

"我一直在给她的父亲写信。如我一样，她是她妈妈唯一的女儿。他们是渔民，居住在法国西北部的布列塔尼地区，这个消息对他们来说太残酷了。哦，这场可怕的瘟疫何时才会停止？今天早上我们的两个女孩受到感染，除了奇迹，什么也不能挽救她们，这些中国人没有抵抗力。失去圣弗朗西斯修女使我们的情况变得非常严峻，我们要做的事情太多，而今人手比任何时候都少。我们在中国的其他修道院有一些修女，她们非常想来。我认为，我们所有的修道会成员会舍弃一切（只可惜她们一无所有）来这儿。但是，来这儿几乎就是送死。所以只要我们现有的修女能应付下去，我不愿意其他人再做出牺牲。"

"您的话激励了我，嬷嬷，"吉蒂说，"我一直觉得我在一个非常不幸的时刻来到这里的。前几天您说这里的工作多，修女人手不够，我想知道您是否能让我来帮帮她们。我不介意干什么，只要能帮上忙就行。即便您安排我擦地，我也感激不尽。"

院长愉快地笑了，这种易变的性情让吉蒂大为惊讶，能够那么轻而易举地把一种情绪转换成另一种。

"不需要你来擦地板，这活那些孤儿就能凑合干。"她停了一下，亲切地看着吉蒂，"我亲爱的孩子，你不觉得你随丈夫来这儿就已经做得够多了吗？这一点是许多妻子没有勇气做到的，至于其他方面，你要是能在沃尔特工作一天后回到家里，给他平静和舒适，那就比什么都好。相信我，他那时需要你全部的爱和体贴。"

吉蒂不敢正视院长的眼睛，那种目光带着超然的审视和讽刺的亲切。

"我从早到晚无事可做，"吉蒂说，"我觉得这里有那么多工作要做，而我无所事事，想到这些我就待不下去。我不想讨人嫌，也知道我无权苛求您的仁慈和浪费您的时间，但我说的是真心话，如果您能让我给你们帮点忙，那就是对我的恩赐。"

"你看上去不是很强壮，前天你赏光来看我们时，我就觉得你脸色苍白，圣约瑟修女认为你可能怀上孩子了。"

"没有，没有。"吉蒂叫道，脸红到了耳根。

院长发出轻微、清脆的笑声。

"这没有什么可害羞的，我亲爱的孩子，这种推测不是没有可能，你们结婚多久了？"

"我脸色苍白是我天生的，但我很强壮，我向您保证我干什么活都行。"

现在院长完全控制了自己，不知不觉地端出一副她习惯的那种权威姿态，并以一种仔细审查的品评眼光盯着她。吉蒂感到莫名的紧张。

"你会说汉语吗？"

"恐怕不会。"吉蒂回答道。

"啊，那很遗憾。我本来想让你看管那些大一点的女孩，现在看来很难，恐怕她们会——怎么说来着——失控？"她用犹豫的口气下了结论。

"我不能去帮那些做护理工作的修女吗？我一点不怕霍乱，我能护理女孩们或者士兵们。"

院长摇摇头，微笑不见了，一脸沉思的表情。

"你不知道霍乱是怎么回事，它很可怕。医疗室的工作由士兵来做，我们只需一位修女进行监督。至于那些女孩……不，不，我确信你丈夫不希望那样。场景实在是惨不忍睹、太可怕了。"

"我会逐渐适应的。"

"不，这绝不行。这是我们的分内的工作，也是我们的特权，不需要你去做。"

"您让我感到一文不值、毫无用处，这里没有一件我能做的工作，似乎难以置信。"

"你的这个愿望跟你丈夫说过吗？"

"是的。"

院长看着吉蒂，好像在探寻她心中的秘密，但是当她看出吉蒂焦急、恳求的表情时，脸上露出了微笑。

"你一定是个新教徒吧？"她问。

"是的。"

"没关系，已故的传教士沃森医生就是一位新教徒，这没有什么关系。他是我们的最爱，我们对他怀有深深的感激之情。"

这时，吉蒂的脸上闪过一丝微笑，但她什么也没说。院长好像在思考着什么，她站了起来。

"你真好，我想我可以给你找点事做。的确，如今圣弗朗西斯修女离开了我们，我们已经应付不了这些工作，你准备什么时候开始？"

　　"现在。"

　　"太好了，听你这么说我很高兴。"

　　"我向您保证我会竭尽全力，我非常感谢您给我这个机会。"

　　院长打开会客室的门，正要出去时犹豫了一下。她又一次用透彻的、有洞察力的眼光久久地看着吉蒂，然后把一只手轻轻地放在了她的胳膊上。

　　"你知道，我亲爱的孩子，无论是在工作时还是在娱乐中，无论是在尘世间还是在修道院里，都是找不到安宁的，它只存在于人的灵魂里。"

　　吉蒂听完感到有点吃惊，但是院长已快步地离去了。

49

　　吉蒂觉得工作让她的精神焕然一新。每天早晨，太阳刚刚升起她就前往修道院，直到夕阳西下，金色的阳光洒在那条狭窄的河流和拥挤的舢板上，她才返回那栋平房。院长把更小的孩子交给她照看。吉蒂的母亲把一套料理家务的实用本事从自己的家乡利物浦带到了伦敦，吉蒂尽管生性轻佻，但总算继承了某些天赋，她只用自嘲的口吻谈及这个问题。因此她能烧一手好菜，缝纫活做得很漂亮。当她的这份才能显露出来后，便被安排去监督做缝纫和卷边活的那些女孩子。她们懂一点儿法语，而她每天都学几句汉语，所以做好工作对她来说并不难。其他时候，她还得去照看更小的孩子，免得他们调皮捣蛋；她得给他们穿衣服、脱衣服，该睡觉的时候照顾他们睡觉。这里婴儿很多，虽然有几个保姆负责，但她还是被吩咐要留意他们。这些工作没有一件是非常重要的，她情愿做点更费力气的事，而院长没有理会她的请求，吉蒂对她深感敬畏，没有纠缠不休。

最初几天，她不得不想方设法去克服掉她对这些小女孩的轻微厌烦，她们的头发又黑又硬，黄色的圆脸上直勾勾瞪着黑李子般的眼睛，穿着丑陋的制服。但是吉蒂还记得，当她第一次到访修道院，院长被那些丑陋的小孩们围绕时，院长温柔的表情使她的面容变得那么美丽的情景，她决不让自己屈服直觉。过了不久，吉蒂也能把一个又一个由于摔倒或出牙而哭闹的小孩抱在怀里了，当她发现说几句温柔的话（尽管孩子听不懂她的语言），把她们抱起来，用温柔的脸颊贴在哭泣的黄脸上都能起到缓和疼痛和安慰的作用时，她的一切陌生感都没了。小孩子们不再怕她，遇到幼稚的麻烦就来找她，她们对她的信任，使她体会到一种特殊的幸福感。那些大一点孩子的情况也是这样，她们是跟着她学缝纫的。她们愉快、聪明的笑脸和快乐（她一句赞美就能使她们感受到的）感动了她。她觉得她们喜欢她，反过来她也喜欢她们，同时感到荣幸和自豪。

但是有一个孩子她还是不能适应。那是一个六岁的女孩，患脑积水成了白痴，她的大脑袋和矮小的身躯使她头重脚轻、摇摇晃晃，一双大眼睛空空如也，嘴里流着口水。她嘶哑地重复几句嘟囔的话，她叫人感到厌恶和恐怖。不知为什么，她非常依恋吉蒂，在一间大房子里，吉蒂走哪儿她就跟到哪儿。她紧紧抓住吉蒂的裙子，把脸贴在吉蒂的膝盖上，还要抚弄她的手。吉蒂厌恶得颤抖，她知道这个小东西渴望爱抚，可就是没有勇气去碰这个孩子。

一次，她跟圣约瑟修女谈到过这个孩子，她说这个小东西活得很可怜。圣约瑟修女微微一笑，把手伸向这个畸形的小东西，孩子走过来，用凸出的前额蹭着她的手。

"可怜的小家伙，"修女说，"她被送到这儿时，很明显就要死了。上帝仁慈，她来时我正好在门口，我觉得事不宜迟，马上给她做了洗礼。你都不会相信我们费了多大的劲才保住了她的性命。有三四次，我们以为她小小的灵魂就要升天了。"

吉蒂沉默无语，圣约瑟修女非常健谈又谈起了其他事情。第二天，那个白痴孩子来到吉蒂身边，摸了她的手，吉蒂鼓足勇气把手爱抚地放在了那个光秃秃的大脑壳上，勉强挤出了点微笑。但是，突然间，那个孩子一反常态地离开了吉蒂，似乎失去了对她的兴趣，而且那天和以后的数日，这个小东西不再理她了。吉蒂不知道自己做错了什么，她尽力面带微笑、打着手势吸引这个小东西，可她转身走开，假装没看见吉蒂。

*50*

修女们从早忙到晚，有很多事情要做。除了在空荡荡、简陋的教堂里做礼拜之外，吉蒂很少见到她们。在她来的第一天她们做礼拜时，她坐在按年龄大小排序坐在长椅上的女孩后面，院长看见了她，就停下来跟她说话。

"你千万不要认为我们在教堂做礼拜，你必须也得来，"她说，"你是新教徒，你有自己的信仰。"

"可我愿意来，嬷嬷，我觉得来这儿让我安心。"

院长看了她一会儿，严肃地稍稍点了点头，"你当然可以按照你的选择来做，我只是想要你明白你没有义务。"

但是，很快吉蒂与圣约瑟修女的关系处得很好，不是亲密也算熟稔了。修道院的经济由圣约瑟修女负责，为了把这个大家庭的物质生活搞好，她一天到晚忙个不停。她说她唯一不得不安心的时间就是虔诚的祷告。但是，令她高兴的是，傍晚时分当吉蒂和孩子们正在干活时，她走进来，发誓说她已精疲力竭，一点空余时间都没有，然后坐下几分钟，东拉西扯一会儿。如果院长不在，她很健谈，快乐，爱开玩笑，对流言蜚语很感兴趣。吉蒂在她面前一点都不拘束，圣约瑟修女的服饰没有影响她心地善良和朴素女人的形象，她总跟吉蒂在一起高高兴兴地唠叨。吉蒂不介意自己法语很糟，从不掩饰，而且她们相互还拿吉蒂的错误开玩笑。这位修女每天教她几句有用的汉语，她是农民的女儿，骨子里还是个农民。

"小时候我放牛，"她说，"像圣女贞德那样。但是我太顽皮没有什么愿景。我觉得这很幸运，因为如果我有愿景我父亲肯定会用鞭子抽我。他过去经常抽我，因为我是一个非常淘气的小女孩，而他是个好老头。现在想起我曾经搞的那些恶作剧，我感到惭愧。"

吉蒂一想到这个肥胖的、中年修女曾是个任性的孩子就发笑。然而在她身上仍然有股孩子气，使你愿意接近她。她的周围好像有一种秋日乡村的芳香，苹果树硕果累累，庄稼收割完毕安全入仓。她没有院长身上那种悲惨、苦行的圣洁，而是那种单纯、幸福的快乐。

"你从未想过再回家吗，我的姐妹？"吉蒂问。

"哦，没有。回去太难了。我喜欢在这里，尤其和孤儿们在一起的时候，感到前所未有的快乐。她们太好了，心怀感激之心。做一个修女也很好，尽管人都有母亲，不会忘记吸吮过母亲的乳汁。我的母亲，她老了，再也见不到她让人很难过；不过她喜欢儿媳，我哥哥待她很好。现在他的儿子长大了，我想他们很高兴在农场上又增添了一个强壮的帮手。我离开法国时他只是个孩子，但是他已完全具备一拳击倒一头牛的实力。"

在这个安静的房间里，聆听这位修女说话，你几乎意识不到这四面墙的外面霍乱在肆虐，圣约瑟修女对此毫不在意，这种态度传染给了吉蒂。

她对这个世界和它的居民有一种天真的好奇心。她问吉蒂有关伦敦和英格兰的各种各样的问题，她觉得英国浓雾弥漫，大中午伸手不见五指。她想知道吉蒂是否参加舞会，是否住豪华的房子，有多少兄弟姐妹。她经常提到沃尔特，院长说他非常出色，她们每天都为他祈祷。吉蒂有一位那么善良、勇敢、聪明的丈夫是多么的幸运啊！

*51*

但是，圣约瑟修女的话题迟早要回到院长身上。吉蒂从一开始就意识到这位女人的人格主宰着这个修道院。居住在那儿的所有人当然爱戴她、钦佩她，同时敬畏她，甚至惧怕她。

尽管她待人亲切，吉蒂还是感觉在她面前自己像个女学生。跟她在一起，吉蒂总感到紧张，因为她心里充满了一种陌生的情绪——敬畏，使她局促不安。圣约瑟修女一门心思地想打动吉蒂，她告诉吉蒂院长出身的家族是多么的显赫；她的祖先里有人彪炳史册，她跟欧洲一半的国王有表亲关系：西班牙国王阿方索曾在她父亲的庄园打猎，他们家族的城堡遍布法国。离开如此奢华的生活环境一定很难。吉蒂面带微笑听着，内心深受感动。

"实际上，你只要看到她，"圣约瑟修女说，"就能看出她出身名门望族。"

"她那双手是我见过最美的。"吉蒂说。

"啊，不过你要知道她是怎样用这双手。她什么活都干，我们的好院长。"

她们来到这座城市时，这里什么都没有。她们修建了修道院，院长制订了计划，并监督了修建工作。她们一到这儿，就从婴儿塔台和残忍的接生婆手里拯救那些没有人要的可怜小女孩。起初她们没有床睡觉，没有玻璃挡住夜晚的风（"那种空气没有任何好处，"圣约瑟修女说，"只对身体有害"）。她们常常没有钱支付给建设者，甚至连自己的家常便饭都保证不了。她们像农民那样活着，她是怎么说的？法国的农民，也就是给她父亲干活的那些人，见了她们吃的东西都会直接扔去喂猪。后来院长把她的女儿们召集到她周围，她们下跪祈祷，圣母玛利亚会送钱来的。第二天，一千法郎就邮到了，或者在她们下跪时一个陌生人——英国人（新教徒，如果你觉得高兴）或一个中国人会来敲门，给她们送礼品。有一次她们陷入了同样的困境，她们所有的人向圣母玛利亚起誓如果她救济她们，她们一定背诵《九日经》，以表示对她的敬意，"你相信吗？第二天，那个滑稽的沃丁顿先生果真来看我们了，给了我们一百美元，他说我们看上去好像所有的人都想要一大盘子烤牛肉。"

"他是一个多么滑稽的小男人，光秃秃的脑袋，一对精明的小眼睛，还有满口的笑话。我的天哪，他把法语糟蹋成什么样子了，可你禁不住被他逗笑。他心境总是很好，身处这场可怕的瘟疫之中，他的举止倒像是在度假。他的心性、智慧很像法国人，除了口音，你几乎不会相信他是英国人。但是我认为，有时候他故意不好好说，逗大家乐。当然，在道德上你就不能对他求全责备了，毕竟那是他自己的事（圣约瑟修女叹口气，耸耸肩，摇摇头），而且他是单身汉，还年轻。"

"他的道德有问题吗，我的姐妹？"吉蒂微笑着问。

"难道你不知道吗？要是我告诉你，就等于是犯了一种罪过，我没有权利说这种事情。他跟一位中国女人同居，确切地说，不是汉族，是满族。好像是位公主，她爱他到了发狂的程度。"

"听上去不太可能啊。"吉蒂叫道。

"是，就是那么回事，我向你保证，这件事千真万确。他非常不道德，那种事是不该做的。你第一次来到修道院时，他明显地不愿吃我做的玛德琳蛋糕，我们的嬷嬷说他的胃口被满族人的烹饪搞坏了，这你不都听到了吗？她指的就是这事，你应该看到了他做了个鬼脸。这是个谁都想听的故事。事情好像是这样的，大革命期间他驻扎在汉口，那时到处在屠杀满族人，这个好心的小沃丁顿解救了其中一个大家族人的性命，他们与皇室有亲缘关系。这个姑娘对他陷入了情网——好了，其余的事，你也能想象到。后来他离开了汉口，她跑了出来跟着他。现在他走到哪儿她就跟到哪儿，他只好屈服，收留了她这个可怜的人。我敢说他很喜欢她；这些满族女人，有时候相当有魅力。但是，我这是怎么了，一大堆的事在等着我，可我还坐在这里，我不是个好教徒，我为自己感到羞愧。"

52

　　吉蒂有种奇怪的感觉，似乎自己正在成长。不停的工作分散了她的心智，对他人生活和视角的所见所闻唤醒了她的想象力。她开始恢复自己的精神头，她感觉好多了，也更强壮了。过去她觉得自己好像除了哭泣什么也不能做。但是令她惊奇的甚至很困惑的是，她能因各种各样的事情而发笑了，生活在可怕的瘟疫中似乎也成了一件十分自然的事情。她知道她身边的人正在死去，但她不再多想这些。院长禁止她进入医疗室，可那些紧闭的门唤起了她的好奇心。她曾想溜进去，但怕人看到才没那么做，她不知道院长将怎样处罚她，她怕被打发走。现在她一心一意地照看孩子，如果她走了孩子们会想她的。实际上，她也不知道没有她，孩子们会怎么办。

有一天，她突然想到，她有一个星期既没有想过查理·汤森，也没有梦见过他。她的心突然怦怦直跳：她痊愈了。她现在想起他，已经没有什么感觉了，她不再爱他了。哎呀，那种解脱和解放的感觉太好了！回想过去，还记得她是那么激情似火地渴望他，简直太奇怪了。她以为他放弃了她，她会活不下去了；她以为从此以后生活只有痛苦。现在她已经笑声不断了，真是个一文不值的东西。她把自己弄得有多傻呀！现在冷静地想想他，她很想知道自己到底看上他哪一点。多亏沃丁顿一无所知，要不然，她可忍受不了他恶毒的眼神和含沙射影的讽刺。她自由了，终于自由了，自由！她几乎忍不住要放声大笑。

孩子们喧闹地玩着游戏，通常她在一边观看，脸上带着溺爱的微笑。当孩子们弄出太大动静时她就管一管，注意不让她们有过激的举止，以免伤着人。现在她情绪高昂，感觉自己也像小孩子，所以也加入到了游戏中。小女孩们很高兴地接纳了她，她们在屋里追来跑去，可着嗓门尖叫，几乎是撒野似的狂欢。她们高兴得欢呼跳跃，噪声骇人。

突然，门开了，院长站在了门口。吉蒂很尴尬，赶紧从还抓着她并且尖声大叫的那十几个小女孩中挣脱出来。

"你就是这样让孩子们安安静静的吗？"院长问，嘴上带着微笑。

"我们正在玩游戏，院长。她们玩得太高兴了，这是我的错，我纵容了她们。"

院长走向前来，孩子们像往常那样围拢在她身边。她把双手放在她们的小肩膀上，像玩似的揪着她们的小黄耳朵。她用温柔的目光久久地看着吉蒂，吉蒂脸红了，呼吸急促起来。她清澈的眼睛闪烁着光芒，秀丽的头发虽然在打闹嬉笑时弄乱，但蓬乱的样子依然魅力可人。

"你太漂亮了，我亲爱的孩子，"院长说，"看到你让人从心眼里高兴。难怪这些孩子特别喜欢你。"

吉蒂的脸通红，不知道为什么，突然热泪盈眶，她连忙用手捂住了脸。

"哦，嬷嬷，您让我感到难为情。"

"好了，别犯傻了，美貌也是上帝的恩赐，是最稀有和最珍贵的，如果我们足够幸运而拥有了它，那么我们应该心怀感激。如果我们没有，也要感谢他人拥有的美貌给我们带来视觉上的快乐。"

院长又笑了笑，轻轻地拍了拍吉蒂温柔的脸颊，好像她也是个孩子。


*53*


吉蒂在修道院工作以来，很少见到沃丁顿。有两三次他来到河岸看她，两人一起上山走走。他到家来喝杯威士忌加苏打水，很少留下来吃饭。但是，一个星期天他提议他们带着午餐坐上轿子去一个佛教寺院。佛寺坐落在城外十英里的地方，是一个远近闻名的朝圣的地方。院长坚持吉蒂必须有一天的休息时间，不让她在星期天工作，而沃尔特当然还像往常一样忙。

为了赶在正午的酷热之前到达佛寺，他们早早出发，坐着轿子沿着稻田间的一条狭窄堤道前行。他们不时路过一些舒适的农舍，安顿在一片竹林中，显得亲密和温馨。吉蒂享受着这悠闲自得，在被禁锢在城里那么久之后得以看到周围宽阔的乡野，她感到十分愉悦。他们来到了佛寺，几座低矮的平房散落在河边，惬意地掩映在树荫之下。他们被满脸带笑的僧人领着，穿过庄重空寂的院子，观看里面供奉着各种鬼脸神仙的庙堂。神殿里，立着佛像，面相淡远慈悲，若有所思，超然物外，隐约笑意。这里到处弥漫着一种颓废的意味。昔日的堂皇也是金玉其外败絮其中，各路神仙浑身积满灰尘，对他们的信仰已寿终正寝。僧人们似乎是勉强暂留于此，好像在等待离开的通知。方丈谦恭有礼，微笑中透出那种无可奈何花落去的嘲讽。总有一天，僧人们将从那阴凉、惬意的树林里散去，这些摇摇欲坠、无人照料的房子将受到凶猛的暴风雨的吞噬，将被周围的大自然侵蚀而面目全非。野生的葡萄植物将爬满无人供奉的神像，树木将在院子里丛生，那时神像将不复存在，黑暗的幽灵将笼罩这里。

54

他们坐在一栋小建筑物台阶上（四根上了漆的柱子，高高的瓦屋顶，屋顶下面悬挂一口大的铜钟），看着河水慢慢地流淌，曲曲折折流向那座遭受病患侵袭的城市。他们能看到城市的带有雉堞的城墙，酷热就像棺材布笼罩在城市的上空。但是，那条河流，尽管那么慢地流淌，仍然还有动感，给人一种万物转瞬即逝的悲哀感觉。一切都会过去，逝去的时空会留下什么痕迹呢？在吉蒂看来，他们所有的人，乃至整个人类，犹如河里的颗颗水滴一样，顺流而下，每颗水滴相互依存，又相距甚远，它们汇成一股无名的洪水，奔腾入海。既然万物享有那么短暂的时光、一切又那么无关紧要，而人类竟荒唐地看重那些琐碎的小事，弄得自己和别人都那么不高兴，这该有多可怜。

"你知道哈林顿花园吗？"她问沃丁顿，美丽的眼睛里充满微笑。

"不知道，怎么啦？"

"没什么。只是离这儿很远，那是我的家乡。"

"你想回家了吗？"

"没有。"

"我想再过几个月你就会离开这里，瘟疫好像有所缓和，天气凉爽了，一切就该结束了。"

"我在想，离开这儿我会感到很遗憾。"

有一会儿，她想到了未来，她不知道沃尔特心里是如何盘算的。他什么也不跟她说，他冷酷、礼貌、缄默，不可思议。那条河里的两颗小水滴默默地流向未知世界，两颗水滴在它们自己看来是个很大的个体，而在旁观者看来，只是河水无法分辨的组成部分。

"当心那些修女们改变你的信仰。"沃丁顿说，不怀好意地笑了笑。

"她们太忙了，也顾不上说这些。她们非常好，十分善良。不过——我也说不清楚——她们和我之间有一道墙。我不知道那是什么东西，好像她们有一个秘密，这个秘密使她们的生活完全不同，而我又不配分享这个秘密。它不是信仰，是更深、更有意义的东西：她们行走在一个与我们不同的世界里，我们始终是她们的陌生人，每天修道院的门在我身后关上，我就感到对她们来说我已经不存在了。"

"我能理解，这是对你的虚荣心的一个打击。"他取笑地回答。

"我的虚荣心。"吉蒂耸了耸肩，然后慢吞吞地转向他，又笑着说。

"你为什么从未告诉我你跟满族格格住在一起的事呢？"

"那些嚼舌头的老女人都跟你说什么了？我确定，对修女来说，谈论海关官员的私生活是种罪过。"

"为什么你这么敏感？"

沃丁顿低头扫视一番，然后把目光转向一旁，显出一副诡秘的样子。他微微耸了耸肩。

"这不是一件值得宣传的事，我知道这事不会大大地增加我工作晋升的机会。"

"你很喜欢她吗？"

这时他抬起头来，丑陋的小脸有种淘气男学生的神色。

"她为了我放弃了一切，家、家人、安定、自尊。从她抛弃了一切跟着我，已经过去很多年了。我把她送走两三次，但她总是会回来。我自己也曾从她身边溜走过，可她还是一直跟着我。现在我已经放弃做那些白费力气的事，我想我只得跟她在一起度过我的余生了。"

"她一定真的爱你爱得发狂。"

"这种感觉有些让人难以理解，你知道，"他答道，困惑地皱起了眉头，"我毫不怀疑如果我真的离开她，她肯定会自杀。她这样做并不是对我怀有敌意，而是相当自然，因为没有我她不愿意再活着。知道这么回事会给人一种好奇的感觉，你必然能体会到其中的意义。"

"但是，重要的是去爱，而不是被爱。一个人甚至不会感谢爱他的那些人；如果这个人不爱他们，他们只会让他感到厌烦。"

"我没有'复数'的经历，"他回答说，"我的经历只有'单数'。"

"她真的是格格吗？"

"不是，那是修女们的浪漫夸张，她属于满族大家族之一，当然这些家族已经被革命摧毁，可她仍然是一位大家闺秀。"

他说话的语气很自豪，吉蒂的眼里闪烁着一丝微笑。

"那么你打算在这儿度过余生吗？"

"在中国？是的。到别的地方她会做什么呢？我退休后，就在北京买个小房子，在那儿度过余生。"

"你有孩子吗？"

"没有。"

她好奇地看着他，说来也怪，这个猴脸秃头的小男人竟在这个外国女人身上激起那么强烈的感情。尽管他谈起那个外国女人时态度随意、用词轻率，但吉蒂弄不清楚为什么还是给她留下了极为深刻的印象：那个女人对他怀着强烈、独特的忠诚。吉蒂有点费解。

"这儿离哈林顿花园好像的确很远。"吉蒂微笑着说。

"为什么那么说？"

"我是什么事都搞不懂了。生活太奇怪了，我就像个一辈子生活在鸭子池塘的人，突然看见了大海，这让我有点喘不过气来，但是满心欢喜。我不想死，我想活着。我开始感到一股新的勇气，我就像一位老水手，起航驶向未知的大海，我想我的灵魂也在渴求未知的世界。"

沃丁顿若有所思地看着她。她那出神的目光盯着平静的水面，两颗小水滴默默地、无声无息地流向黑暗、永恒的大海。

"我可以去看看那位满族淑女吗？"吉蒂突然抬起头问道。

"她一个英文单词都不会说。"

"你一直待我很好，为我做了很多事情，或许我会用我的方式向她表达我的友好表情。"

沃丁顿嘲弄般地微微一笑，不过爽快地回答一句。

"哪天我来接你，她会给你端上一杯茉莉花茶。"

她不会告诉他，这个外国的爱情故事从一开始就很奇怪地引起了她的幻想，这个满族格格现在犹如某种象征模糊但坚定地召唤着她，为她指出一块神秘的精神领地。

55

但是，一两天后发生了一件吉蒂意料之外的事情。

她如平常一样，来到修道院，开始她的第一项工作：照看孩子们洗脸、穿衣服。由于修女们坚持认为夜晚的空气有害，不让开窗，所以宿舍里的空气恶臭闷人。从早晨新鲜的空气中进到这个环境后，吉蒂就一直感到有点不舒服，她赶紧打开窗户。但是今天她突然觉得特别恶心、脑袋眩晕，她站在窗口让自己镇定下来。以前从来没有过这样不好的感觉，不一会儿恶心难耐，呕吐起来。她大叫一声，孩子们惊恐万状，给她帮忙的那个大一点的孩子跑上前来，看到吉蒂脸色苍白，浑身发抖，她一下子惊呆了。霍乱！这个念头在吉蒂的脑海里一闪而过，接着一股将死的感觉涌遍全身，惊骇笼罩着她，令人苦闷的黑暗好像流经了她所有的血管，她抗争了一会儿，难受得要命，随后一片黑暗。

她睁开眼睛时，最初她不知身在何处，好像躺在地板上，轻微活动一下脑袋，她感觉到头下有个枕头，她什么都记不得了。院长跪在她身边，拿着嗅盐给她闻，圣约瑟修女站在旁边看着她。接着，那个念头又回来了，霍乱！她看到了修女脸上的惊愕，圣约瑟修女看上去十分高大，但轮廓模糊不清。惊骇再次吞噬了她。

"哦，嬷嬷，嬷嬷！"她抽泣说，"我要死了吗？我不想死。"

"你当然不会死。"院长说。

她很镇静，眼里甚至有些愉悦。

"这可是霍乱啊，沃尔特在哪儿？派人叫去了吗？哦，嬷嬷，嬷嬷，嬷嬷。"

她一下子泪如泉涌，院长把手伸了过去，吉蒂马上抓住了它，好像这只手就是一根救命的稻草。

"好啦，好啦，我亲爱的孩子，你可不能这样糊涂，这不是霍乱，也不是别的什么病。"

"沃尔特在哪儿？"

"你丈夫太忙不便打扰，过五分钟你就会完全好了。"

吉蒂用疲惫的眼神盯着她，她为什么这么冷静对待这件事？真无情。

"好好安静一会儿，"院长说，"什么事也用不着你担心。"

吉蒂感到心脏在狂跳，她早已非常习惯了对霍乱的念叨，以至于她觉得自己根本不能得上这种病。哦，她该有多傻呀！

她知道她就要死了，她吓得要命。女孩们搬来一个长藤椅，把它放在窗户边。

"来，我们抬你起来，"院长说，"在这躺椅上你会更舒服一些。你觉得你能站起来吗？"

她把双手伸到吉蒂的腋下，加上圣约瑟修女的搀扶，帮她站了起来。她精疲力竭地瘫坐在椅子上。

"我最好把窗户关上，"圣约瑟修女说，"清晨的空气对她没有好处。"

"别关，别关，"吉蒂说，"请开着。"

看到蓝天使她有了信心。刚才浑身颤抖，现在感觉好多了。两个修女默默地注视了她片刻，接着圣约瑟修女跟院长说了些她听不懂的话。然后，院长坐在椅子旁边，拉起她的手说，"听着，我亲爱的孩子……"

院长问了她一两个问题，吉蒂回答了，但不知问这些问题什么意思。她的嘴唇发抖，几乎是语不成句。

"这事毫无疑问，"圣约瑟修女说，"这种事瞒不了我。"

她轻轻地笑了，吉蒂好像听出笑声里有某种激动和亲切的关爱。院长还握着吉蒂的手，面带微笑，款款柔情。

"这些事情圣约瑟修女比我有经验，亲爱的孩子，她马上告诉你这是怎么回事，很明显，她的判断是对的。"

"这是什么意思？"吉蒂焦急地问。

"很明显，你从来没想过这种情况的可能性？你怀孩子了，亲爱的。"

吉蒂一愣，从头到脚颤抖起来，她双脚踩在地上，仿佛要跳起来似的。

"躺着别动，躺着别动。"院长说。

吉蒂感到自己的脸一下子通红，她把手放在胸口。

"不可能，这不是真的。"

"她说什么？"圣约瑟修女问。

院长把话翻译给她，圣约瑟修女宽大、单纯的脸，双颊绯红，放出喜悦的光芒。

"不可能错，我用名誉担保。"

"你结婚多长时间了，我的孩子？"院长问，"哎呀，我弟媳结婚的时间和你的一样长，她已经有两个孩子了。"

吉蒂重重地坐回椅子里，感觉心如死灰。

"我太羞愧了。"她嘀咕道。

"因为要生孩子吗？真是的，还有什么比这更自然的吗？"

"医生得多高兴啊。"圣约瑟修女说。

"是啊，想想你丈夫该有多高兴。他会欢喜若狂的。你只要看看他和婴儿在一起的情形，看看和孩子们玩耍的时候的表情，你就会知道他要有自己的孩子该是多么陶醉啊。"

好一会儿，吉蒂沉默无语，两位修女用温柔、关切的眼光看着她，院长抚摸着她的手。

"我真糊涂，以前没有想到这个事，"吉蒂说，"不管怎样，我很高兴不是霍乱。我感觉非常好了，我回去做我的工作了。"

"今天不行，我亲爱的孩子，你已经受了惊吓，最好是回家休息。"

"不，不，我更愿意留下来工作。"

"我说不行就不行，如果我让你轻率行事，我们的好医生会怎么说呢？如果你愿意，明天或后天再来，但是今天你必须安静休息。我派人去叫轿子,要不要给你派一个女孩陪你回去？"

"哦，不用，我一个人能行。"

### 56

吉蒂躺在床上，百叶窗关着。午餐过后，仆人都睡觉去了。早晨得知的情况（现在她确信是真的）令她惊慌失措。回到家之后她就一直在想，可大脑一片空白，思想集中不起来。突然她听到一阵脚步声，脚上穿的是靴子，不可能是男仆。她忧虑地叹了口气，意识到这个人只能是她丈夫。他进了客厅，她听到喊她的声音，她没有回答。静了一会儿，有人敲门。

"谁？"

"我可以进去吗？"

吉蒂从床上起来，穿上睡衣。

"是的。"

他进来了，她很庆幸关着的百叶窗遮住了她的脸。

"我希望我没有吵醒你，我敲门很轻、很轻的。"

"我没有睡着。"

他走到一扇窗前，打开了百叶窗。温暖的阳光涌进整个房间。

"发生了什么事？"她问，"你为什么回来这么早？"

"修女们说你身体不是很好，我觉得我最好还是回来看看是怎么回事。"

一股恼火传遍全身。

"如果是霍乱，你会怎么说呢？"

"如果是霍乱的话，你今早肯定就回不了家了。"

她走到梳妆台前，用木梳梳理了她的短发，她想争取点时间。然后坐下来，点燃了一根香烟。

"今早我不太舒服，院长觉得我还是回来的好。但是我现在全好了，明天我照常去修道院。"

"那到底是怎么回事？"

"她们没有告诉你？"

"没有，院长说你会亲口告诉我。"

他现在的举止平时少见，他直勾勾地看着她的脸，他的职业本能强于他的个人本能。她有些犹豫，然后不得已迎合了他的目光。

"我要生孩子了。"她说。

她习惯了他回话的方式，她本以为这句话会引起惊叹，而他总是以沉默应对。但是，对她来说，好像从来没有像他现在的样子使她更难以忍受。他一声没吭，没有任何手势，脸上没有一点表情，黑眼睛也无一丝变化，以表示他听到了这句话。她突然觉得自己要哭。如果一个男人爱他的妻子，他的妻子也爱他的话，在这种时刻，他们会激动得拥抱在一起。她忍耐不住沉默，开腔了。

"我不知道为什么以前我从未想到过这个事。我太愚蠢了，不过……因为这种或那种原因……"

"你有多长时间了……你估计什么时候分娩？"

这些话似乎从他嘴里出来很困难。她感到他的喉咙跟她的一样干涸。烦人的是，她说话时嘴唇哆嗦得厉害。如果他不是铁石心肠，定该激起他的怜悯之心吧。

"我想这种情况有两三个月时间。"

"我是孩子的父亲吗？"

她倒吸了一口冷气，他的声音里确有一丝颤动。他冷静的自控能力出现了最小的感情变化竟让她那么震惊，这种状况令人害怕。她不知道为什么她突然想起在香港看到的一种仪器，上面的一根指针震动一点，人家告诉她，那就意味着千里之外发生了地震，成千上万的人失去了生命。她看着他，他脸色苍白，以前她见过这种情形两三次，他低下头，眼睛看向一旁。

"是吗？"

她两手紧扣，她知道如果她说"是"，对他来说，这将意味着整个世界。他相信她的话，当然会信，因为这是他想要的。然后他还会原谅她。她知道他的柔情有多深切，知道他多想随时表现出来，尽管他十分羞怯。她知道他不记仇，只要如果她能给出一个理由，一个能打动他心的理由，他会彻底原谅她。她可以指望他不再旧事重提。尽管他无情、冷漠而又可怕，但是他不卑鄙不小气。如果她说"是"，一切都可能改变。

她迫切需要同情。怀孕这个意料之外的情况使她充满了各种奇怪的希望和一些无法预料的心愿。她感到虚弱，有点害怕，有种远离朋友的孤独。尽管她很少惦念母亲，但是那天早上，她突然非常想和母亲在一起，她需要帮助和安慰。她不爱沃尔特，也知道永远不会爱他，但是此刻她一心渴望他把她抱在怀里，她能把头靠在他的胸前，依偎在他的怀抱里，她会痛痛快快地哭一场。她想要他吻自己，她想用胳膊搂住他的脖子。

她哭了起来。她已经撒了那么多谎，再撒一个谎也轻而易举。如果谎话确实有好处，那样做又有何妨呢？谎话，谎话，谎话是什么？说句"是"非常容易。她看到沃尔特的眼色变得柔和，他向她伸出双臂。她不能说"是"，她也不知道为什么，就是说不出口。经历了这几周痛苦的日子，她认清了查理的无情，见识了霍乱和所有那些死去的人，那些修女们，还有那个滑稽的小个子醉鬼沃丁顿，所有这些好像已经改变了她，她不认识自己了；尽管她深受感动，但是在她的灵魂中总有个旁观者好像在用惊奇和恐怖的眼色观察她。她得说实话，撒谎似乎毫无价值。她的思绪在奇怪地游荡：突然她看见了围墙脚下的那个死去的乞丐。她怎么想到了他？她没有呜咽，眼睛睁大着，泪水就那样轻易地顺着脸颊流淌下来。最后她回答了这个问题，先前他问过她，他是否是孩子的父亲。

"我不知道。"她说。

他轻笑一下，使得吉蒂不寒而栗。

"有点尴尬，不是吗？"

他的回答符合他的个性，她早就料到他会这么说，不过这句话还是让她心沉了下去。她很想知道他是否意识到她说实话该有多难（同时她认识到说实话不是什么难事，而是必然的），而且她也很想知道他是否会为此赞许她。她的回答——"我不知道，我不知道"在她的脑海里回荡，现在是覆水难收。她从包里拿出手绢擦干泪水，他们都没有再说话。她床边的桌子上有一个虹吸杯，他给她倒了一杯水拿了过去，并端着杯给她喝。她发现他的手瘦得不成样子了，原来他的手很美，手掌纤细、手指修长，而现在就剩下皮包骨了，还有些发颤。他能控制住面部表情，可他的手却出卖了他。

"别介意我哭，"她说，"真的没什么，只是我控制不住，眼泪就这样流出来了。"

她喝了口水，他把杯子放回去。他坐在了椅子上，点燃了一根香烟。他轻轻地叹了口气，她听到过他这样的叹气有两三次，每次她都感到揪心。她注视着他，看他用出神的目光盯着窗外，这时她感到很吃惊，她竟然没有注意到在过去的几周里他瘦成那么可怕的样子。太阳穴凹陷下去，脸上的骨头包着一层皮。他的衣服松松垮垮地套在他的身上，好像这些衣服是为一个更强壮的人做的。他的脸晒黑了，透着一种绿色的灰白。他已精疲力竭，工作辛苦、睡得很少、什么也不吃。虽然她遭受着忧伤和烦恼的折磨，可还有心思怜悯他。一想到她什么忙也帮不上，就觉得对他很残酷。

他的手撑着额头，好像是头疼，她感觉到那句话在他的脑海里疯狂地敲打着："我不知道，我不知道。"这个郁郁寡欢、冷漠无情、羞涩腼腆的男人竟对每一个婴儿有那样自然的爱抚，这实在有点奇怪。大多数男人就连自己的孩子都不太关心，但修女们不止一次谈到这事，她们是又感动又觉得有点好笑。如果他对那些滑稽的中国婴儿都那么喜欢，那对自己的孩子又会如何呢？吉蒂咬着嘴唇，以免自己哭出来。

他看了看表。

"恐怕我得回城去了，今天我有很多事要做……你没事吧？"

"哦，没事，不用为我操心。"

"我想今晚你最好别等我了，我可能很晚才回来，我会到俞上校那儿弄点东西吃。"

"那好。"

他站了起来。

"如果我要是你，今天就什么也不要干了，最好放松点，我走之前，你还有什么事吗？"

"没有，谢谢，我会很好的。"

他停留了片刻，好像没拿定主意，然后，一把抓起帽子，径直走出了房间，也没有看她一眼。她听见他走出了院子，她感到可怕的孤独，现在没有必要控制自己了，她打开了情感的闸门，让泪水流淌。


57


这一夜闷热，吉蒂坐在窗前，遥望中国那座寺庙的奇异屋顶，它在星光的衬托下显得格外黑暗，最后沃尔特进来了。她哭得眼睛发沉，但此时她镇静了下来。尽管有那么多的烦恼困扰着她，因为精疲力竭，她感到出奇的平静。

"我以为你已经上床了。"沃尔特进门时说。

"我不困，我觉得坐着更凉快些。你吃晚饭了吗？"

"吃得挺好。"

他在狭长的屋子里来回走着，她看出他有话要对她说，她知道他不好意思。她决定不理他，而是等他下定决心。他突然开了腔。

"我一直在考虑你今天下午告诉我的事情。我觉得你最好还是离开，我已经跟俞上校说了，他会派人护送你。你带那个女仆一起走，你会很安全的。"

"哪里是我去的地方呢？"

"你可以到你母亲那儿去。"

"你觉得她见到我会高兴吗？"

他停了一会儿，犹豫起来，仿佛在思索什么。

"那么你可以去香港。"

"我在那儿做什么？"

"你需要很多的关心和照料，我觉得让你留在这儿不公平。"

她的脸上绽出了微笑，不是苦笑，是真心的喜悦。她扫了他一眼，差点笑出来。

"我不知道你为什么这么担心我的健康。"

他走到窗前,站在那里,看着外面的夜色,无云的夜空从来没有过这么多星星。

"这里不是你这种情况女人待的地方。"

她看着他,一身单薄衣服在黑暗下衬得发白。他清晰的轮廓带着某种不祥之兆,然而非常奇怪她此刻没有感到一点畏惧。

"你坚持我来这儿,是想杀死我吗?"她突然问道。

他很长时间才回答,让她以为他故意装作没听见这句话。

"最初是。"

她打了个寒战,因为这是第一次他承认自己的意图。但是她没有因此对他怀恨在心,这种感觉连她自己都很惊奇;这里面有某种钦佩,还有点乐趣。她不完全明白为什么,但她突然想起查理·汤森,在她看来他就是一个卑鄙的傻瓜。

"你那是在进行可怕的冒险,"她回答说,"我想知道如果我真的死了,你那敏感的良知会原谅你自己吗?"

"好了,你没有死,而且生机盎然。"

"有生以来我从未感觉这么好。"

她本能地恳求他在心境上的宽恕,毕竟他们都经历了那么多,现在又身处恐怖、凄凉的境地,还把可笑的私通之举看得很重似乎很不恰当。当死亡就在眼前,犹如菜农挖土豆一样带走一条条生命，如果你还去计较这个人或那个人做了玷污身体的事，实属愚蠢之至。她要是能让他意识到汤森对她来说无所谓了，甚至现在想起他的模样已经都很难了，而且对他的爱已经完全从心里清除了，这该有多好啊！因为她对汤森没有什么感觉了，所以她跟他做的各种事情已经没什么意义了。她已经收回了心，因此委身于人那点事又何足挂齿。她很想对沃尔特说："听着，你不认为我们已经愚蠢得足够长的时间了吗？我们像个孩子相互斗气，我们为什么不能亲吻一下，友好相处呢？不能因为我们没有相爱，就连朋友也做不成了啊。"

　　他站着一动不动，灯光照在他毫无表情的脸上，苍白得令人吃惊。她不信任他，如果她说了错话，他会用那种冷峻的态度对待她。现在她了解了他的极端敏感性，他的刻薄嘲讽是对这种敏感的一种保护。如果他的感情受到伤害，他的心就迅速地关闭。她对他的愚蠢是一时之气，当然，最困扰他的是他的虚荣心受到了伤害，她模糊地意识到这才是最难治愈的伤疤。奇怪的是，男人对自己妻子的忠诚非常重视。当初和查理在一起时，她曾希望能有相当不同的感觉，变成另一个女人。可是到头来，她似乎感到一切如故，只是有了幸福和快活的体验。她现在多么希望她能告诉沃尔特这孩子是他的。谎言对她来说算什么呢，这种确认会给他多大的安慰啊，而且还不一定是谎言呢。说来滑稽，她心中的某种东西一直不让她得到怀疑带来的好处。男人愚蠢到家了！他们在生育过程中的作用微不足道，女人十月怀胎历尽艰辛，忍着疼痛把孩子生出来，而男人就做那么短暂的一点贡献就提出权利主张，真是如此荒谬。为什么亲生与否这个问题要影响到他对这个孩子的感情呢？接着，吉蒂的思绪又回到了她怀着的孩子身上。她想到这个孩子不是充满激动、也不是母爱的深情，而是无意义的好奇心。

"我敢说，你应该把这事考虑一番。"沃尔特说，打破了长时间的沉默。

"我考虑什么？"

他转过来一点，好像很惊奇。

"你想想什么时间走的问题。"

"可我不想走。"

"为什么不想？"

"我喜欢修道院的工作，我觉得我在让自己变得很有用，只要你不走，我愿意待在这里。"

"我认为我应该告诉你，以你目前的状况，你可能更容易感染上周围出现的疾病。"

"我喜欢你对疾病采取的慎重态度。"她带着讽刺意味的口吻笑着说。

"你不是为我才待在这儿吧？"

她犹豫了。他不知道她对他产生的最强情感——也是最想不到的情感——是怜悯。

"不是，你不爱我，我时常觉得自己很令你讨厌。"

"我不曾想到你是那种为了几个古板的修女和一群乳臭未干的中国小孩而不辞辛苦的人。"

她的嘴角露出了微笑。

"我认为你因为看错了我而那么鄙视我，这很不公平。你那么愚蠢怪不得我。"

"如果你执意留下，你当然有权那样做。"

"对不起，我没有给你展示宽宏大度的机会。"她奇怪地发现很难与他进行十分认真的谈话了，"实际上，你说得对，我不是只为了那些孤儿而留下：你看，我现在的处境很特殊，在这个世界上我找不到一个可以投奔的人。我知道谁都觉得我讨厌，也知道没人关心我的死活。"

他皱起了眉毛，但不是因为生气。

"我们已经把事情搞得一团糟了，不是吗？"他说。

"你还想跟我离婚吗？我觉得我无所谓了。"

"你必须知道我把你带到这儿就已经宽恕了你的过错。"

"我不知道。你看，我还没有研究过不忠的问题呢。我们离开这里后打算做什么？我们还生活在一起吗？"

"哦，你不认为我们可以把将来交给它自己处理吗？"

他的声音里有种像死亡一样的疲惫。

## 58

两三天以后，沃丁顿到修道院接来吉蒂（她闲劲儿难忍，很快就恢复了工作），按照约定带她去与他的情人共享茶饮。吉蒂后来不止一次在沃丁顿住处吃过饭。房子很显眼，都是方方正正的白颜色建筑。中国各地的海关为他们官员建设的都是这样的房子。他们吃饭的餐厅、他们落座的客厅都配有呆板、结实的家具。这些屋子既像办公室，又像旅馆，没有一点家的感觉，人们都明白这些房子只是一批批海关官员继任者暂住的地方。你根本想象不到楼上还隐藏着秘密或许还有浪漫。他们上了一段楼梯后，沃丁顿打开一扇门。吉蒂走进一个大房间，里面空荡荡的，四面的墙刷了白灰，墙上挂着各种书法作品。在一个方桌旁，有一把硬木的扶手椅，黑檀木的，而且上面刻着很多图像，那个满族人就坐在上面。吉蒂和沃丁顿一进来，她就站了起来，但没有走上前来。

"这就是她。"沃丁顿说，然后又说了些中国话。吉蒂跟她握了握手。她身材苗条，穿着绣花长袍，个头比吉蒂预期的高一点，她习惯了南方人的矮个。长袍套个浅绿色丝绸马甲，紧口的袖子长到手腕，一头精心打理的黑发上面戴着满族女人的头饰。

面 纱 | 179

脸上涂了一层粉底，脸颊从眼睛到嘴都涂着胭脂；她粗细不匀的眉毛上画了一条纤细的黑线，嘴唇涂得猩红。一双不大对称的黑色大眼睛，在这张面具般的脸上炯炯发光，犹如湖水在喷射。她似乎不像一个女人，更像一尊偶像。她举止缓慢、从容，吉蒂觉得她有点害羞，但非常好奇。沃丁顿说到吉蒂时，她看着吉蒂，点了两三次头。吉蒂注意到了她的手：特别长，非常纤细，呈象牙色，精致的指甲上涂着指甲油。吉蒂认为她从未见过如此可爱的手，软弱而优雅。这双手也说明了那是长久教养的结果。

她说了几句话，嗓音很高，像果园里叽叽喳喳的小鸟。沃丁顿充当翻译，他告诉吉蒂她很高兴见到她，还问她有多大岁数，有几个孩子。他们在方桌旁三把直靠背椅上坐下，一个男仆端上几杯茶，一股茉莉花的淡淡芳香扑鼻而来。那位满族女人递给吉蒂一个绿色铁盒，里面装着三堡牌香烟。除了桌子和椅子，屋里没有什么家具，一张大板床，上面有个绣花枕头和一对檀木箱子。

"她整天在做什么？"吉蒂问。

"她画一会儿画，有时写首诗，但是大部分时间坐着。她吸烟，但很适中，说来幸运，我的职责之一就是禁止鸦片的买卖。"

"你抽吗？"吉蒂问。

"很少。说实话，我更喜欢威士忌。"

屋里有一股刺鼻的味，不讨厌，但独特。

"告诉她，我很抱歉，没法跟她说话，我确信我们有很多事情可以互相交流。"

当这句话翻译过去给那位满族女人听时，她扫了吉蒂一眼，目光里含有一丝微笑。她坐着，毫无窘态，一身漂亮的衣服，给人留下深刻的印象。从化了妆的那张脸上，可以看到一双机警、冷静、深不可测的眼睛。她不像个真人，而像一幅画，她的优雅使吉蒂感到自己的笨手笨脚。吉蒂对中国的关注只是短暂的，还有几分轻蔑，而命运却偏偏把她带到了这里，她圈子里的人也是如此。现在她好像一下子感受到有种东西遥远而神秘，那就是东方：古老、忧郁、神秘。吉蒂在这位高雅女子身上似乎捕捉到了东方的理想和信仰，与之相比，西方的理想和信念便显得粗鲁野蛮。这里的人们居住在另一个世界，过着不同的生活。她奇怪地感觉见到这个偶像——涂脂抹粉的脸庞和机警不对称的眼睛——你就会觉得人们每天的忙忙碌碌、辛辛苦苦有点荒唐。这个色彩缤纷的面具好像在隐藏一段丰富、深远、重要经历的秘密，那双修长、纤弱、长着尖细手指的手，握着那把未解之谜的钥匙。

"她一整天在想什么？"吉蒂问。

"什么也不想。"沃丁顿微笑着说。

"她可真好。告诉她我从来没见过这么美的手，我想知道她看上你什么了。"沃丁顿笑了，把这个问题翻译给了她。

"她说我人好。"

"好像女人都是因为一个男人的美德而爱上他。"吉蒂嘲讽地说。

满族女人就笑了一次。当时，吉蒂为了找话说，表示赞赏她戴的玉镯。她摘了下来，吉蒂试着戴上，这才发现尽管自己的手够小了，可还是卡在指关节那儿戴不上。这时满族女人像孩子那样笑了起来。她对沃丁顿说了些话，又喊来女仆，对她吩咐一番，那个女仆一会儿拿来一双非常漂亮的满族鞋。

"如果你能穿，她想送给你，"沃丁顿说，"你会觉得当拖鞋穿很好的。"

"我穿着正合适。"吉蒂很满意地说，但她发现沃丁顿露出个鬼脸。

"她穿着是不是太大了？"满族女人急忙问。

"大好几里地。"

吉蒂笑了，沃丁顿翻译过去，满族女人和女仆也都笑了。

过了一会儿，吉蒂和沃丁顿一起走上山时，她转向他，脸上带着友好的微笑说："你没有告诉我你对她有很深的感情吧。"

"你为什么会这么觉得？"

"我从你的眼睛里看出来的。这东西很怪，一定是像爱上一个影子或像一场梦。男人无法预料，我原以为你和其他人一样，现在我觉得我一点都不了解你。"

当他们要到达平房时，他突然问她：“你为什么想见她？”

吉蒂犹豫了一会儿才回答。

“我在寻找某种东西，我也不完全清楚是什么。但我知道它对我来说很重要，如果我知道了，一切会截然不同。也许修女们知道，我跟她们在一起时，我能感到她们拥有一个她们拥有却不愿和我分享的秘密。我不知道我为什么会想到要是见到那个满族女人，我就会略微知道一点我要找的是什么，她要是知道，也许会告诉我的。”

“你怎么认为她知道呢？”

吉蒂瞥了他一眼，没有回答，反而问了他一个问题。

“你知道是什么吗？”

他微微一笑，耸了耸肩。

“‘道’。有些人在鸦片中寻找，有人从上帝那里寻找，有人在威士忌里寻找，有人在爱情中寻找。‘道’都是一样的，它不会通往任何一个地方。”


59


吉蒂重新回到了惬意的日常工作中，尽管她清晨感觉很不舒服，但是她精神气很足，不会让这种状况搞乱自己的情绪。

修女们对她有了兴致，使她感到吃惊：原来她们在走廊里见到她，就点点头道声早上好，现在随便找个借口就到她待的屋子里看她，聊上几句，兴奋得像一个可爱的孩子。圣约瑟修女一遍遍地说给吉蒂听，她是怎样对吉蒂怀孕的情况做出判断的，有时叫人听得絮烦："哦，我怀疑"或"我不该奇怪"。然后，当吉蒂晕倒时，"毫无疑问，明摆着的事"。她还给吉蒂讲了有关她嫂子分娩的一件件冗长的故事，要不是吉蒂幽默感来得快，这些故事听起来还真挺吓人。圣约瑟修女愉快地把自己成长的真实环境（一条河蜿蜒穿过她父亲农场的草地，岸边的白杨树在微风中摇曳）与宗教的传说用一种迷人的亲密方式结合起来。她坚信一个异教徒不会知道天使报喜这类事，所以，有一天就告诉了吉蒂。

"每次我读到《圣经》里的这些词语时就流泪，"她说，"我不知道为什么，那些话给我那么神奇的感觉。"

然后，她用吉蒂听不太懂的法语精确但略显冷漠地引述了一段话：

"天使来到她的面前，说道，愿你充满恩惠，上帝与你同在：妇女众生有神在保佑你。"

吉蒂怀孕的秘密，犹如一阵阵清风在果园里盛开的白花中起舞，传遍修道院。想到吉蒂怀了孩子，那些无缘生育的女人们心里既不安又兴奋。她使她们有些敬畏，又令她们着迷。

她们用粗俗的常识看待她身体的变化，因为她们都是农民和渔民的女儿，可内心像孩子一样充满敬畏。她们为她腹中的孩子担心，可又感到高兴和异常的兴奋。圣约瑟修女告诉她，大家都为她祈祷，圣约瑟修女还说，她不是一个天主教徒太遗憾了。但是院长责备了她，院长说成为好女人是可能的——好女人，她说的——即使你是个新教徒，上帝会以某种方式安排一切的。

吉蒂见自己受人瞩目，令她感动和高兴，更让她吃惊的是，她发现甚至像圣人那样严峻的院长也开始彬彬有礼地待她了。她对吉蒂一直很亲切，但不是亲密。现在她对吉蒂温柔体贴，其中还有母爱的成分。她说话的腔调变得柔和，眼里也突然有了嬉笑的神情，仿佛吉蒂是个孩子，刚刚做了件聪明、好笑的事，这情景极为感人。她的灵魂像沉静、灰暗的大海，波浪汹涌，大海的阴沉浩瀚令人敬畏，突然间，一缕阳光洒在海面上，一切变得友好快乐起来。现在傍晚时分，院长经常来吉蒂这儿坐上一会儿。

"我必须注意别让你累着，我的孩子，"她说，明显在给自己的话找个托词，"否则费恩医生绝不会原谅我。哦，英国人的这种自控力啊！他高兴得不得了，可当你跟他提起这事，他是一脸苍白。"

她握住吉蒂的手，深情地拍了拍。

"费恩医生跟我说，他希望你离开这里，但是你不愿意走，因为你舍不得离开我们。你太好了，我亲爱的孩子，我想要你知道我们很感激你对我们的帮助。不过我想你也不想离开他，这更好，因为你应该陪在他的身边，他需要你。啊，我不知道如果我们没有了这个令人钦佩的人会怎么样？"

　　"他能为你们做点事情，我感到高兴。"吉蒂说。

　　"你必须全心全意地爱他，我亲爱的，他是一位圣人。"

　　吉蒂微微一笑，心里却叹了一口气。现在她能为沃尔特做的只有一件事，可她又不知道如何去做。她想求得他的原谅，不是为了她，而是为了他自己。因为她觉得只有这样才能让他内心恢复平静。求他谅解是没用的，一旦他怀疑她求得原谅不是为她而是为他，那他顽固的虚荣心会让他不顾一切代价地拒绝（令人好奇的是，他的虚荣心不再使她生气，似乎很正常，只让她为他感到遗憾）。唯一的机会是发生某种意想不到的事情，也许能打消他的戒心。她有一个想法，他愿意来一次情感的冲动，将他从怨恨的噩梦中解放出来，但是一旦机会来了，他的那股可怜巴巴的愚蠢劲儿上来，一定会拼死抗争到底的。

　　人生在世何其短暂，磨难深重苦无边，竟还如此折磨自己，这岂不太可怜？

## 60

虽然院长跟吉蒂的谈话不超过三四次，其中一两次也就十分钟，但是她留给吉蒂的印象非常深。她的性格像一片乡野，认识初期似乎觉得广阔但是荒凉。但是渐渐地你就会发现一个个坐落在果树中间的欢乐小村庄，围绕在巍峨群山的褶皱间。还会发现一条条缓缓流淌的怡人小河，穿过郁郁葱葱的草地。这些舒适的景致，尽管令人惊奇，甚至让你安心，但是还不足以让你有家的感觉，因为还有一片黄褐色的高原和被风吹扫的旷野。要想跟院长成为至交本来就是不可能的，她身上具有的那种东西超俗脱凡。吉蒂在其他修女身上也感觉到了这点，就连脾气好、健谈的圣约瑟修女也不例外，但跟院长之间的屏障是明显的。这种东西给你一种相当好奇的感觉，恐惧又敬畏；她能像你那样走在同一片土地上，处理世俗的事务，但是她明显地生活在一个你不能达到的高度上。

她曾对吉蒂说过，一个修女不断地祈祷耶稣还不够，她还应该为自己祈祷。

尽管她的谈话交织着宗教信仰，吉蒂感到对她来说很正常，也不是有意在感化一个异教徒。吉蒂对上帝的无知是有罪的，

面 纱 | **187**

但身怀仁慈之心的院长竟放任不管不予以说教，这点令吉蒂感到奇怪。

一天傍晚，两个人坐到了一起。白昼渐短，晚霞柔润宜人又带有几分忧郁。院长看上去非常疲惫，脸色苍白，愁容满面，那双美丽的黑眼睛已失去了激情。她的疲倦使她很想和别人说说心里话。

"今天是我难忘的日子，我亲爱的孩子，"她打破了长时间的沉思，"因为今天是我最终决定入教的纪念日。皈依这件事，我考虑了两年，我承受了这种召唤给我带来的恐惧，像人们所说的那样，因为我惧怕世俗的精神或许能把我夺回凡世间。但是那天早晨，我领圣餐时发了誓，天黑前要把我的想法告诉我亲爱的母亲。我领完圣餐后，我祈求耶稣基督赐给我内心的宁静。你将享有宁静——主似乎在回答我——当你忘记了宁静的渴求，宁静便降临于你。"

院长好像迷失在往事的回忆中。

"那天，我的一个朋友，威尔诺夫人前往卡梅尔小镇，没有告诉她的任何亲戚。她知道他们反对她走这一步，但她是个寡妇，她认为她有权去做她选择的事情。我的一个表姐去跟这位要好的逃离者告别，直到晚上才回来。她深受触动。我还没对母亲讲，一想到告诉她我的想法这件事，我就发抖，不过我希望恪守我在接受圣餐时下的决心。我询问了我的表姐各种各样的问题。我的母亲似乎专注于手中的坐垫活计，其实我们的谈话她一个字都没落下。我跟表姐说话时，我心里就想：如果我今天要说，一分钟也不能耽搁了。

"很怪，这些场景真是历历在目。我们坐在圆桌旁，上面铺着一块红布，我们借着灯光干活，灯罩是绿色的。我的两个表姐和我们待在一起，都在忙活坐垫。可以想象，从路易十四时代起，这些东西买来后就没有修补过，把它们买来后，早已褪色，显得破旧不堪，我母亲说这样该多丢人。

"我曾想开口说话，可就是张不开嘴。这时，沉默了几分钟后，我母亲突然对我说：'我真的不理解你朋友的行为，我不喜欢那样，一句话都不说就离开疼爱她的那些人。这种做法太夸张，没有品位。一个有教养的女人不能做任何叫人说三道四的事。如果有一天你离开我们，给我们造成很大的悲痛，我希望你不要像犯了什么罪似的逃走。'

"这正是说话的时候，但是我性情懦弱，只会说：'啊，您放心，妈妈，我哪有那个胆量。'

"我母亲没做声，而我懊悔没敢把我的想法说出来。我似乎听到了耶稣基督说给圣彼得的话：'彼得，你不爱我吗？'哦，我多么软弱，多么忘恩负义！我爱我的舒适，爱我的生活方式，爱我的家人，爱我的娱乐活动。我陷入了这些痛苦的思绪中，过了一会儿，好像刚才的谈话没有结束似的，母亲对我

说：'我的奥黛特，对你来说，不做亏心事，就不怕鬼敲门。'

"我还沉溺在焦虑和沉思中。我的表姐们安静地干着活，她们根本就不知道我的心在怦怦直跳，这时，我的母亲任凭手中的坐毯滑落地上，专心地看着我，她突然说：'啊，我亲爱的孩子，我非常确信你终将会去做一个修女的。'

"'你这么说是当真吗，我的好妈妈？'我回答说，'你一语道破我心灵最深处的想法和愿望。'

"'当然是，'我的两个表姐不等我说完就嚷了起来，'两年来，奥黛特一门心思地想着这事。但是您可不能同意，我的姨妈，您说什么也不能同意。'

"'我亲爱的孩子，如果这是上帝的旨意，我有什么权力拒绝呢？'我的母亲说。

"然后，我的表姐们想把这个谈话变成笑谈，她们问我，打算怎么处理属于我的那些小东西，欢乐地争吵着这个该归谁那个该归谁。不过这种欢快持续了很短的时间，我们就开始了哭泣。接着，我们听到了父亲上楼的脚步声。"

院长停了一会儿，叹了口气。

"我父亲很难过，我是他的唯一女儿，男人对女儿的感情往往比对儿子更深。"

"有个心肝宝贝也是个很大的不幸。"吉蒂面带微笑地说。

"将这个孩子奉献给耶稣基督之爱是多么大的荣幸。"

这时，一个小女孩来到院长跟前，得意地向她炫耀不知在哪儿得来的一个好玩的玩具。院长用她美丽、纤弱的手搂着孩子的肩膀，孩子依偎在她的怀里。吉蒂观察到院长的微笑是那么的甜蜜，然而又是那么的超然。

　　"看到所有的孤儿对您的爱慕，真是太好了，院长。"她说，"如果我要是能得到这么多的眷恋，那就太骄傲了。"

　　院长又一次露出了她那冷漠但美丽的微笑。

　　"赢得人心只有一种办法，那就是让你自己成为人们爱的人。"


*61*

　　那天晚上，沃尔特没有回来吃晚饭。吉蒂等了他一会儿，因为如果他在城里耽搁了，他总是想方设法给她捎个信，所以最后她还是坐下用餐了。尽管瘟疫流行，供应困难，中国厨师出于礼节总是做很多菜给她端上来，她只是假装吃上几口。随后，她来到敞开的窗户旁边，躺在长长的藤椅上，让自己沉浸在繁星之夜的美景之中，寂静使她身心安歇。

　　她没有试着去看书。她的思绪在脑海的表层上浮动，犹如映在平静湖面上的一朵朵白云。她太累了，一朵也抓不住，只好跟随着，让自己也融入一连串的思绪中。她弄不太清楚，她跟修女们谈话所留下的诸多印象对她来说意味着什么。奇怪的是，她们的生活方式深深地感动了她，但她对导致这种生活的信仰却无动于衷。她想象不到能有这种可能性——说不定什么时候她被信仰的激情俘获。她叹了口气：如果那道伟大的白光把她的灵魂照亮，或许一切都变得更容易了。有那么一两次，她真想把自己的苦恼告诉院长。但是她没敢，她忍受不了这个严峻的女人看不起她，对于院长来说，她做的事情理所当然是莫大的罪过。奇怪的是，她自己没有把这事看作邪恶，只看作愚蠢和丢人罢了。

也许由于她天生愚笨，才把她跟汤森的事情看作遗憾，甚至羞耻，但只需忘掉就好了，用不着后悔。就像在舞会上做错了一件事，没什么可大惊小怪的，就是有点太丢人了，太把它当回事就不明智了。一想到查理，她就浑身打战，高大的身躯，精心打扮的外表，嘴巴毫无表情，站立时总是挺胸抬头，好像怕人看不到他大腹便便的肚子。多血质的性格从他红润的脸颊上的细血管一下子就能看出来。她曾喜欢那对浓眉，现在看来像动物的毛发，令人厌恶。

将来怎么办？奇怪的是她对将来漠不关心，她根本看不透将来。也许她分娩时死去。她妹妹多丽丝身体一直比她强壮多了，生孩子时差点死去（她尽到了责任，生了一位准男爵的继承人。吉蒂想到母亲满足的样子，微微笑了起来）。如果将来是那么模糊不清，或许她注定根本见不到。沃尔特可能会让她的母亲照看这个孩子——如果这个小东西活下来。她非常了解沃尔特，完全可以确信，不管孩子的父亲是谁，他都会善待他。无论什么情况，沃尔特令人钦佩的行为举止不容置疑。可惜的是，他那么多伟大的品质，无私、守信、聪慧、敏锐，可就是不招人爱。现在她对他一丁点恐惧感都没有，只是为他感到可惜，同时也禁不住觉得他稍稍有些荒唐。他太重感情是他的弱点，她感觉到有朝一日她会利用他的弱点让他原谅自己。她的这个念头现在萦绕于心，只有这样他才能内心宁静，也是她为补救她给他造成的痛苦唯一可行的办法。可惜他幽默感太少，总有一天，她会看到他们俩为曾经相互折磨而哈哈大笑。

她累了，拿着灯回到了自己的房间，脱衣睡觉，不一会儿睡着了。

62

但是，一阵响亮的敲门声让她惊醒。起初她还以为是在梦里，没有意识到响声是真的。随着敲门声持续不断，她这才意识到，有人在敲院子的大门。周围一片漆黑，她看了看表，借着指针上的磷光，看到时间是凌晨两点半。一定是沃尔特回来了——他回来得太晚了——还没能叫醒男仆。敲门声还在继续，越来越响，在寂静的夜里，这响声真叫人毛骨悚然。敲门声终于停了，她听到了抽出那个沉重门闩的声音。沃尔特从来没有回来过这么晚，可怜的人，他一定累垮了！她希望他会直接上床睡觉，不再像往常那样扎进实验室去工作。

有说话声传来，然后有好几个人进到院子来。怪了，沃尔特要是回来晚了，总是蹑手蹑脚，不弄出动静，以免打扰她。两三个人快速地跑上木梯来到吉蒂隔壁的房间。吉蒂有些害怕，她心里一直担心发生排外的骚乱。发生什么事情了吗？她的心跳开始加速。但是还没等她回过神来，就有人走了过来，敲她的门。

"费恩夫人。"

她听出是沃丁顿的声音。

"是的，什么事？"

"你马上起来好吗？我有事要跟你说。"

她起来穿上一件晨衣，然后把锁打开，推开门。沃丁顿站在那儿，他穿了一身中式的长裤和一件茧绸外套，旁边是提着马灯的男仆，后面是三个穿着卡其布军衣的中国士兵。当她看到沃丁顿满脸惊惶，吓了一跳。他头发零乱，好像刚从床上爬起来。

"出了什么事？"她喘着气说。

"你必须保持冷静，现在没有时间可耽搁了，马上穿上衣服跟我走。"

"可到底怎么了？城里出什么事了吗？"

后面出现的士兵让她猛然醒悟，城里已经爆发了骚乱，他们是来保护她的。

"你丈夫突然病倒了，我们想让你马上过去。"

"沃尔特？"她叫了起来。

"你千万不要着急，我也不很清楚是怎样回事。俞上校派这位军官来找我，让我立即带你去衙门那里。"

吉蒂盯着他看了一会儿，心里猛然感到一阵寒冷，然后转过身去。

"我两分钟就好。"

"我也是这样，"他回答说，"还没睡醒，披件衣服穿双鞋就来了。"

吉蒂没有听见他说的话，她借着星光，随手拿到什么就穿上了。突然手指也不听使唤了，笨拙地半天才摸到那个小扣子把衣服扣上，她还把晚上一直披的那条广东围巾围在肩上。

"我没戴帽子，不用戴了吧？"

"不用。"

男仆提着灯走在前面，他们急匆匆下了台阶，走出了院子大门。

"注意别摔倒，"沃丁顿说，"你最好紧紧抓住我的胳膊。"

士兵们紧跟在他们后面。

"俞上校派了轿子，在河对岸等着呢。"

他们飞快地下了山。吉蒂想问个问题，可嘴唇颤抖得厉害没有说出口。她特别害怕听到那个回答。他们来到岸边，一条小船在等着他们，船头挂了一盏灯。

"是霍乱吗？"这时她问。

"恐怕是的。"

她小声叫了一下，又突然停住了。

"我想你应该尽快赶过去。"

他伸手把她扶上船。这段航程不长，河水几乎停滞不动。他们一堆人站在船首，一个女人背个孩子，划着单桨把小船渡到对岸。

"他是今天下午发病的，现在应该说是昨天下午。"沃丁顿说。

"为什么没有马上派人通知我？"

尽管没有理由，他们把声音压得很低。在黑暗中，吉蒂只能感觉她同伴的焦虑程度有多深。

"俞上校想派人来叫你，但他不让。俞上校一直陪着他。"

"那也应该派人来叫我，真是太无情了。"

"你丈夫知道你从来没见过霍乱患者，那种情形既可怕又令人恶心，他不想要你看见。"

"毕竟他是我丈夫。"她的声音有些哽咽。

沃丁顿没有回话。

"那么为什么现在又让我去呢？"

沃丁顿把手放在她的胳膊上。

"我亲爱的，你必须非常勇敢，必须做最坏的打算。"

她发出了痛苦的呜咽声，她看到三个中国士兵正注视着她，所以把脸稍稍转了过来，她冷不防瞥见了他们的眼白。

"他要死了吗？"

"我只知道俞上校让这位军官带来的口信，他是来接我的。据我判断，已经衰竭了。"

"一点希望都没有了吗？"

"我非常遗憾，如果我们不快点赶到那里，恐怕连最后一面都见不到了。"

她浑身颤抖，泪水开始顺着脸颊往下淌。

"你知道，他一直劳累过度，一点抵抗力都没有。"

她一把甩开他抓着她胳膊的手，他用那种低沉、痛苦的声音说话让她恼火。

他们到了对岸，两个中国轿夫站在岸边扶着她上了岸。轿子等在那里，当她坐进自己的轿子时，沃丁顿对她说："你一定要尽量保持镇静，尽全力控制自己。"

"让轿夫快点。"

"已经吩咐他们尽快了。"

已经坐在轿子里的那个军官过来了，向吉蒂的轿夫喊了一声。他们利落地抬起轿子，把轿杆放在肩上，快步出发了。沃丁顿紧跟在后面。他们跑步上了山，每个轿子前都有一个人掌着灯，到了水闸口，看闸门的人拿着一个火把站在那儿。他们走近时，那个军官向他大喊一声，看闸人推开一扇大门让他们通过。他们经过时，这个人还说了句感叹的话，轿夫们也回应了一声。夜深人静时，那些喉咙里发出的声音和奇怪的语言听起来神秘和恐怖。他们行走在湿滑的鹅卵石小巷里，军官的一个轿夫绊了一跤。吉蒂听到了那个军官生气的吼声和那个轿夫刺耳的反驳声，然后前面的轿子又匆匆地赶路了。这是座死城，现在是深夜时分，街道狭窄、弯曲，他们沿着一条狭窄的小巷急速而行，拐了一个弯，跑上一段台阶，轿夫们开始大口喘气。他们迈着大步默默地快速前进，一位轿夫掏出一个破手帕，边走边擦去从额头流进眼里的汗水。他们左拐右转，像是在迷宫穿行，有时在关了门的店铺附近，好像一个人在那儿躺着，你也不知道这个人是睡到黎明醒来还是就此长眠不醒。狭窄的街道幽灵般的孤寂空旷，突然一条狗狂吠起来，一阵惊恐传遍吉蒂饱受煎熬的神经。她不知道他们去哪儿，道路好像没有尽头。

他们不能再走快点吗？快点，快点吧。时间在流逝，每耽误一分钟或许竟成永别。

*63*

他们沿着一道长长的空白墙走着，突然来到了一扇大门前，大门的两侧设有哨亭，轿夫放下了轿子。沃丁顿急匆匆走到吉蒂跟前，她已经从轿上跳了下来。军官使劲敲着门并大声喊。边门打开后，他们进到院子。这是个四四方方的大宅院，士兵们在伸出来的屋檐下，裹着毯子萎缩成一团靠墙躺着。他们停了一会儿，军官跟一个可能是站岗的军士说了几句话，然后转过头来，对沃丁顿说了句什么。

"他还活着。"沃丁顿低声说，"注意脚下。"

前面还有几个提灯笼的人，他们穿过院子，上了几级台阶，通过一扇大门，进了另一个大院儿。院子的一侧有一间长方形的屋子，里面点着灯，米纸透射出来的光线映出精美的格子窗图案。提灯笼的轿夫把他们带到了院子侧面的那个房间前，那个军官敲了敲门。门被立即打开，军官扫了吉蒂一眼，然后让到了一边。

"你进去吧。"沃丁顿说道。

这是一间又长又矮的屋子，照明的煤油灯烟气缭绕，使那种昏暗笼罩着不祥的气氛。三四个士兵站在屋内，正对门口靠墙处有一张小床，一个人躺在那里，蜷缩在一条毯子下面。一位军官毫无表情地站在床脚边。

吉蒂慌忙地走了过去，俯下身子。沃尔特躺在那儿，两眼紧闭，一动不动，在昏暗的灯光下，他的脸色一片死灰，十分吓人。

"沃尔特，沃尔特。"她喘息着说，声调很低，像受了惊吓一样。

他的身体微微地动了一下，或者说不过是动态的幻影。他的这一动非常微弱，犹如呼出一口气，你无法察觉，然而瞬间可以吹皱平静的水面。

"沃尔特，沃尔特，跟我说话。"

那双眼睛慢慢地睁开了，好像是用了极大的努力才抬起了沉重的眼皮，但是他没有看吉蒂，而是盯着离他的脸几寸远的墙壁。他说话了，声音低弱，里面带有一丝微笑。

"这是一种尴尬的局面。"他说。

吉蒂屏住呼吸，他再没发出任何动静，也没做任何手势，但是他那双眼睛忧郁、冷漠（现在看到了什么神秘的东西吗？），盯着粉白的墙壁。吉蒂站了起来，用憔悴的目光看着那个站在床边的人。

"一定还有办法，你不会就站在这儿束手无策吧。"

她把手扣在了一起。沃丁顿跟站在床脚的那个军官说了几句话。

"恐怕他们能做的都做了，团里的军医一直在给他治疗。你丈夫培训过他，你丈夫能做的，他已经都做了。"

"这位是军医吗？"

"不，这位是俞上校，他一步也没离开过你丈夫。"

吉蒂心烦意乱，看了他一眼。他个头比较高，身材粗壮，一身卡其布军装，好像局促不安。他正看着沃尔特，可她看到他的眼里含着泪水。她的心里一阵极度的痛苦，为什么这个黄皮肤、扁平脸的人眼里有泪花呢？她被激怒了。

"什么也不能做，这不就玩完了吗？"

"至少他不再感到痛苦了。"沃丁顿说。

她再次俯下身子看着她丈夫。那双吓人的眼睛还在茫然地盯着前方。她弄不清他的眼睛是否能看见东西，也不知道是否听到了她说的话。她把嘴唇凑到他的耳边。

"沃尔特，我们还能做点什么吗？"

她认为一定会有什么药他们能给他用上，留住他生命渐渐消失的可怕脚步。由于她的眼睛适应了昏暗的光线，她看到了他的脸已经塌陷，一副惨状。她几乎认不出来是他，短短的几个小时，他竟然看上去像另一个人，真不可思议。看上去根本不像人了，他看上去像死了。

她觉得他在努力要说什么，就把耳朵凑近了。

"用不着大惊小怪的，我刚走完了一段艰难的路程，现在一切圆满了。"

吉蒂等了一会儿，但是他没有了声音，他一动不动的样子让她的心充满了极度的痛苦。他那样纹丝不动地躺着令人感到恐惧，他似乎已经准备好沉静地躺在坟墓里。一个人走了上来，可能是军医或者医生助理，做了个手势叫她让开一点。他在这个奄奄一息的人身边弯下腰，用一条脏毛巾湿润了他的嘴唇。吉蒂又站了起来，绝望地转向沃丁顿。

"一点希望也没有了吗？"她小声说。

他摇了摇头。

"他还能活多久？"

"谁也说不准，或许一个钟头。"

吉蒂环顾了这个空荡荡的房间，目光在俞上校结实的身板上停留了片刻。

"能让我单独跟他待一会儿吗？"她问，"只需一分钟。"

"当然可以，如果你希望的话。"

沃丁顿走向俞上校，跟他说了几句话，上校点了点头，然后低声下达了命令。

"我们在台阶上等候，"大家往外走时，沃丁顿说，"你只要喊一声就行。"

现在这些意想不到的事情已经使吉蒂的意识不堪重负，就像毒品流经她全身的血管，而且她也意识到沃尔特就要离开人世，所以她只有一个念头，那就是从他心灵中消除（毒害他心灵的）怨恨，让他安心地离去。如果他能原谅了她，那就是原谅了他自己，他也就安心瞑目了，她完全不是为自己着想而是只为了他。

"沃尔特，我恳求你原谅我。"她俯下身子对他说。她担心他承受不住这种压力，她注意到不去碰他。"我为自己对你做的错事深感抱歉，我追悔莫及。"

他什么也没说，好像没有听到。她不得不继续说下去。她奇怪地感觉到，似乎他的灵魂变成了一只舞动翅膀的飞蛾，而它的翅膀承载着怨恨而沉重不堪。

"宝贝儿。"她说。

一丝微动略过他那苍白、凹陷的脸，算不上一种动作，然而那是可怕的惊厥才能出现的现象。她以前从来没有这么称呼过他，或许他正在死亡的大脑闪过这个念头，这个称呼理解起来混乱而且困难，只是她的口头禅，他只听到过她称呼狗、婴儿和小汽车。接着令人震惊的事情发生了，她看见两滴泪水顺着他枯槁的脸颊缓缓流下来，她双手紧紧握在一起，竭尽全力控制着自己。

"哦，我的宝贝，我亲爱的，如果你曾经爱过我——我知道你爱我，而我却很可恨——我乞求你原谅我。现在我没有机会来表达我的悔恨了。可怜我吧，我恳求你的原谅。"

她停了下来，看着他，屏住呼吸，急切地等待他的回答。她看到他想说话，她的心脏猛地一跳。如果在这最后的时刻，她能把他从怨恨的重负中解救出来，对她来说，似乎是对她给他造成的痛苦的一种补偿。他的嘴唇动了，他没有看她，眼睛茫然地盯着粉白的墙。她俯下身子，想听清他的话，而他说得十分清晰。

"死的却是狗。"

她静止在了那里，好像变成了石头。她没能听明白这话，困惑、惊恐地盯着他。这话毫无意义，是在胡说。他一点都没有理解她说的话。

一个人一动不动却还活着，这是不可能的。她盯着他，他的眼睛睁着，她弄不清他是否还有呼吸。她开始害怕起来。

"沃尔特，"她小声说，"沃尔特。"

最后，她突然直起腰，被一阵恐惧攫住，她转过身朝门口走去。

"请过来，好吗？他好像不……"

他们跨进门来。那位中国军医走到了床边，手里拿着一个手电筒，打开后照向沃尔特的眼睛，然后把它们合上，他用汉语说了点什么。沃丁顿用胳膊挽住了吉蒂。

"恐怕他已经死了。"

吉蒂深深叹了口气，几滴眼泪从她的眼里落下。她感到眩晕而不是不能自持。几个中国人围着床站着，束手无策，好像不知道下一步做什么。沃丁顿沉默不语。过了一会儿，几个中国人低声地议论起来。

"最好还是让我把你送回住处吧，"沃丁顿说，"他也会被送到那儿去的。"

吉蒂用手疲倦地抚了一下额头，然后走向木床，俯下身，轻轻地吻了一下沃尔特的嘴唇。现在她不哭了。

"很抱歉给你们添了这么多麻烦。"

她走出去的时候，军官们向她行了军礼，她也庄重地鞠了一躬。他们穿过院子出门，上了轿。她看见沃丁顿点燃了一根香烟，一缕烟雾消失在空中，这就是一个人的生命。


64


黎明时分，随处可见中国人在卸掉自家店铺的门板。昏暗深处，一个女人借助烛光在洗手洗脸。在街角的茶楼里，几个男人在吃早饭。初醒的白昼那灰暗、寒冷的晨光，犹如窃贼沿着狭窄的巷子偷偷地在行走。河面上飘浮着一层薄雾，拥挤的舢板桅杆在薄雾中若隐若现像一支幻影军队的长矛。过河时寒意袭人，吉蒂蜷缩在她那色彩艳丽的围巾里。他们走上山坡，置身于薄雾之上，晴朗的天空阳光普照，那光芒仿佛年复一年、日复一日，没有什么，什么也没有发生。

"你不想躺一会儿吗？"他们进屋后，沃丁顿说。

"不，我在窗边坐一会儿。"

在过去的几个礼拜中，她经常坐在那里，一坐就好长时间，现在她的眼睛非常熟悉那座矗立在大堡垒上的奇异、鲜艳、美丽又神秘的庙宇，是它令她的精神安宁。它是那么虚幻，甚至在光天化日之下，也会把她从现实生活中带走。

"我让男仆给你沏点茶，恐怕今天上午就得把他安葬，我会安排一切的。"

"谢谢你。"

65

三个小时后，他们埋葬了他。他必须被放进中国的棺材里，必须不自在地安歇在一张好像是非常奇怪的床上，对吉蒂来说似乎很可怕，可她毫无办法。修女们对城里发生的一切都了如指掌，她们得知沃尔特的死讯后，派信使送来了一个大丽花做的十字架，既拘谨又正式，好像出自熟练的花匠之手。不过这个十字架单独放在棺材上看上去很滑稽，也不相称。一切准备就绪，他们还得等俞上校的到来，他已派人告诉沃丁顿说他想参加葬礼。终于他在一名副官的陪同下来了，他们向山坡走去，六个苦役抬着棺材，来到一小块空地上，那里埋葬着那位传教士，沃尔特接任了他的位置。沃丁顿在传教士的遗物中找到了一本英文祈祷书，他带着一种少见的尴尬，用低沉的声音读完了下葬词。或许在诵读那些庄严而可怕的句子时，他的脑子里一直盘旋着这种念头：如果他成为这场瘟疫的下一个牺牲者，就没有人像现在这样给他念下葬词了。棺材下到墓穴里，掘墓人开始填土。

一直脱帽站在坟墓边的俞上校戴上帽子，严肃地向吉蒂敬了一个礼，然后对沃丁顿说了一两句话，便带着他的副官走了。那些苦力磨蹭了一会儿，好奇地看完了一场基督教徒的葬礼，现在手里拖着扁担三三两两地漫步而去。吉蒂和沃丁顿等坟墓堆好，将修女们送来的拘谨的大丽花十字架，放在了散发着新鲜泥土气息的坟头上。她一直没有哭泣，但在第一铲土落到棺材上发出响声时，她感到心脏一阵剧痛。

她看到沃丁顿在等她一起离开。

"你着急走吗？"她问，"我现在还不想回到那栋平房去。"

"我没有什么事儿要做，完全听你的吩咐。"

　　他们沿着堤道漫步到了山顶，那里矗立着一座纪念一位贞洁寡妇的牌坊。吉蒂对这个地方的印象深受其影响。它是一个象征，但是象征什么，她不知道，也无法弄清楚为什么它具有那么讽刺嘲笑的意味。

　　"我们坐一会儿，好吗？我们好长时间没来这儿了。"广阔的平原在她的眼前铺展，在晨曦中显得静谧而安宁。"我到这里只有几个礼拜，却好像过了一辈子。"

　　他没有回答，而她也任由自己的思绪游荡片刻，然后她叹了口气。

　　"你认为灵魂不朽吗？"她问。

　　他似乎没有对这个问题感到惊讶。

　　"我怎么会知道？"

　　"刚才，他们在入殓之前给沃尔特做洗礼，我看了看他，他看上去非常年轻，太年轻就死了。你还记得第一次带我散步时我们看见的那个乞丐吗？我惊骇不是因为他死了，而是因为他看上去好像根本就不是一个人，就是一只死去的动物。而现在，再看沃尔特，就像一台报废的机器，这才是可怕之处。如果只是一台机器，那么所有的煎熬、伤心、苦恼都是多么的徒劳啊。"

他没有回答，但是眺望脚下的风景。那是个阳光明媚的清晨，浩瀚的原野使人心旷神怡。一块块整齐的小稻田铺展在这原野上，一眼望不到边。稻田里身着蓝布衣的农民赶着水牛在辛勤劳作，一派平静而又幸福的景象。吉蒂打破了沉默。

"我无法向你表达，我在修道院里见到的一切是多么深刻地感动了我。那些修女太好了，她们让我感到自己毫无价值。她们放弃了一切：家庭、国家、爱情、孩子、自由，还有那些我有时觉得更难割舍的点滴小事：鲜花、碧绿的田野、秋日的漫步、书籍和音乐以及舒适的生活，一切的一切，她们都放弃了。她们这样做，就是心甘情愿地把自己奉献给了一种只有牺牲、贫穷、遵从、苦行、祈祷的生活。对她们所有人来说，这个世界是实实在在的流放地，生活是她们情愿背负的十字架，但是在她们的心中一直有一种欲望——唉，比欲望强烈得多，那就是渴求，一种急切、激昂的渴求，她们渴求将她们引向永生的死亡。"

吉蒂握紧了双手，极度痛苦地看着他。

"你说什么？"

"假如没有永生呢？想一想，如果死亡确实是万物的归宿，那意味着什么呢？她们白白地放弃了一切，她们被骗了，她们是被愚弄的人。"

沃丁顿沉思了一会儿。

"我想知道，很想知道她们追求的东西是幻觉这一点是否重要，还是她们的生活本身就是美好的。我认为，唯一使我们不带怨恨去看待我们所生存的这个世界的东西，就是人类不时从混乱中创造出来的美：人们绘出的画卷、谱写的乐曲、撰写的书籍以及他们的生活。在这些美中，最美的乃是美好的生活。那才是完美的艺术杰作。"

吉蒂叹了口气，他的话似乎十分难懂，但她还想听更多的。

"你去过交响音乐会吗？"他继续说。

"是的，"她微笑着说，"我对音乐一窍不通，但是很喜欢。"

"管弦乐队的每一个成员都在演奏自己的那件小小的乐器，你觉得一支乐曲逐渐展开时，每个乐器的演奏者对这种和声的复杂性知道多少呢？他关心的只是自己演奏的那一小部分。但是他知道和声是优美的，尽管没人去听它，它依然是优美的，而且他很满足演奏自己的部分。"

"前两天你提到了'道'，"吉蒂停了一会儿说，"告诉我'道'是什么。"

沃丁顿看了看她，犹豫了一下，随后那张滑稽的脸上呈现一丝微笑，他答道：

"'道'就是道路，也是行路者。它是永恒的路，所有的生命都行走在上面，但不是生命创造出来的，因为它本身就是生命。'道'乃万物又虚无一物，万物由'道'而生，循'道'而行，终归于'道'。'道'是方形却无棱角，是声音却不能聆听，是影像却无形状。'道'是一张巨网，网眼大如海洋，却疏而不漏。'道'是万物寻求保护的避难所，却无法找寻，然而不用探头窗外你便可看见。'道'教导人欲无所欲，让万物顺其自然。遵循'道'，谦恭者得保全，屈身者得直立。失败乃成功之母，成功乃失败之忧，可谁又能看出来转折点何时出现呢？追求慈爱的人才能成为孩童，善待使攻者胜、防者安，征服自己的人才是强者。"

　　"这有意义吗？"

　　"有时，当我喝了六杯威士忌，望着星星时，我想，或许就有意义了。"

　　两个人陷入了沉默，最后还是吉蒂打破了沉默。

　　"告诉我，'死的却是狗'，这句话有出处吗？"

　　沃丁顿的嘴角露出一丝微笑，他准备好了回答，不过或许此刻他的神经异常敏感，尽管吉蒂没有看他，但她的某种表情使他改变了主意。

　　"就算有，可我也不知道，"他警惕地回答，"你为什么问这个？"

"没什么，忽然想起来了，听起来耳熟。"

又是一阵沉默。

"你单独和你丈夫在一起时，"过了一会儿，沃丁顿说，"我和团里的军医谈了一会儿话，我想我们应该知道一些细节了。"

"噢？"

"他当时处在一种非常亢奋的状态中，我确实不能完全明白他的意思，我能弄明白的是，你丈夫是在做实验的过程中被感染的。"

"他总是在做实验，实际上他不是医生，而是细菌学家，那才是他急于来这里的原因。"

"但是从军医的话里我没有弄明白，他是意外感染还是拿自己做实验。"

吉蒂的脸变得非常苍白，这种说法让她浑身颤抖。沃丁顿握住她的手。

"原谅我又谈起了这事。"他温柔地说，"但是我觉得这可以使你得到安慰——我知道这时候说这些一点没用的话非常不合时宜——沃尔特为科学、为职责而献身这点，或许这一点对你有意义。"

吉蒂耸了耸肩，显得有点不耐烦。

"沃尔特死于心碎。"她说。

沃丁顿没有回答。她慢慢转过身，看着他。她的脸色苍白，目光呆滞。

"他为什么说'死的却是狗'这句话？这句话是什么意思？"

"这句话是戈德·史密斯的《挽歌》最后一句①。"

*67*

第二天一早，吉蒂去了修道院。开门的女孩看见她似乎很惊讶，当吉蒂干了几分钟的活时，院长就来了。她到吉蒂跟前，握住了她的手。

"我很高兴见到你，我亲爱的孩子。你刚刚经受了巨大的悲痛，就回到这里，这显示了你的勇气和智慧，我相信有点事做会使你摆脱烦恼和忧伤。"

吉蒂垂下了目光，脸有点发红，她不想让院长看透她的心。

"不需要我说你也知道，我们这儿的所有人对你都表示出多么真诚的同情。"

---

① 《挽歌》是戈德·史密斯创作的一首诗。大意是：一位好心人领养了一条狗，开始人和狗相处得很好，突然有一天狗发疯咬了人，大家都以为被咬的人会死去，但是人活了下来，"死的却是狗"。

"你们真好。"吉蒂小声说。

"我们时常为你，也为你丈夫的灵魂祈祷。"

吉蒂没有回话，院长放开了她的手，用冷静、权威的语气给她布置了几项工作。她拍了拍两三个孩子的头，向她们示以淡淡而又迷人的微笑，然后去做那些更要紧的事了。

68

一个礼拜过去了。这天，吉蒂正在做缝纫活，院长走进了屋，在她身旁坐下。她敏锐地瞥了一眼吉蒂干的活。

"你缝纫活做得很好，我亲爱的。如今像你这么大的年轻妇女很少有这般手艺。"

"这多亏了我妈妈。"

"我相信你的母亲会非常乐意再见到你。"

吉蒂抬起头来，从院长的态度中你能感觉到她说的这句话绝非随口的客气话，她继续说：

"你亲爱的丈夫死后我还让你来这儿，是因为我觉得工作会使你散散心，我认为你当时不适合长途旅行回到香港，也不希望你独自坐在家里无所事事只想着丧亲之痛。但是现在八天已经过去了，是你该走的时候了。"

"我不想走，院长，我想待在这儿。"

"你待在这儿没有什么意义了，你是随你丈夫来的，现在你丈夫死了，而你的身体状况，马上就需要关心和照料，可这里根本做不到。我亲爱的孩子，你的责任就是尽你所能照顾好上帝赐给你的那个小生命。"

吉蒂沉默一会儿，低下了头。

"我认为我在这儿还有点用，一想到这点，我就感到非常荣幸。我希望您能让我继续工作直到这场瘟疫结束。"

"我们都非常感谢你为我们做的一切，"院长回答说，脸上带着淡淡的微笑，"现在瘟疫正在减弱，来这儿的风险不是那么大了，两位修女正从广东赶来，她们很快就到达这里，等她们一到，我就不能再让你干活了。"

吉蒂感到沮丧。院长的口气没有一点争辩的余地，她太了解院长了，知道她就是恳求也没用。为了劝说吉蒂，院长觉得有必要在她说话的声音里加进一种语气，就算不是恼怒，至少也是那种导致恼怒的蛮横。

"沃丁顿先生非常好，征求过我的意见。"

"我希望他还是把自己的事管好吧。"吉蒂打断了她。

"即便他不问，我也应该同样有责任把我的想法告诉他。"院长温柔地说，"此刻你不应该在这儿，而是和你母亲待在一块。沃丁顿先生已经和俞上校安排好了，给你派一个得力的人护送，确保旅途中的安全，而且他还安排好了轿夫和苦力。女仆与你同行，在你路过的各个城市也都做了安排。实际上，为了使你舒适安心，凡是能做的都做了。"

吉蒂双唇紧闭。她认为与自己相关的事，他们至少也要跟她商量一下吧。她不得不控制自己以便温和地回答：

"我什么时候动身？"

院长还是十分平静。

"越快越好，你先返回香港，然后乘船到英国，我亲爱的孩子。我们觉得你最好在后天拂晓动身。"

"那么快啊。"

吉蒂有点想哭，可这就是现实，这儿没有她的地方了。

"你们都像是急着把我打发了。"她伤感地说。

吉蒂从院长的态度上意识到她放心了。她看到吉蒂准备让步，也就无意识地拿出了更亲切的语气。吉蒂对情绪的感觉很敏锐，她眼前一亮想到即便是圣人难免有喜形于色的时候。

"不要以为我没有理解你那颗善良的心和令人钦佩的善举，我亲爱的孩子，正是这些使你不愿放弃自愿承担的职责。"

吉蒂凝视着正前方。她微微耸了耸肩，她知道她不能把这么高尚的美德归于自己，她想留下是因为她没有别的地方可去。这种感觉也颇为稀奇，在这个世界上竟没有一个人在乎她是死是活。

"我无法理解你竟然不情愿回家，"院长继续说，"在这个国家里很多外国人都巴不得有你这样的机会！"

　　"但是您为什么不是呢，院长？"

　　"哦，我们的情况各不相同，我们来这里时，就知道我们已经永远离开了自己的家。"

　　吉蒂心中的欲望从自己受伤的情感中涌现出来，或许居心叵测，那就是要在信仰的盔甲上找到一丝缝隙，正是信仰使这些修女超然物外，对自然的情感无动于衷。她想看到院长身上是否留有人性的弱点。

　　"我原本认为，再也见不到您的至亲和您生长的环境，有时是很残酷的。"

　　院长犹豫了一会儿，吉蒂观察着她的脸，她那张美丽严峻的脸上还是那样平静，没有丝毫变化。

　　"现在对于我母亲来说确实很难，她年事已高，我又是她的独女，她深切地希望我能在她临终前再见上一面，我真希望我能给她这份快乐，但是不行，我们只好等到天堂相聚了。"

　　"同样，当一个人思念起至爱亲人，一定会扪心自问，当初离亲人而去是否正确。"

　　"你是在问我当初选择这步，现在是否后悔了吗？"突然院长的脸容光焕发，"没有，从来没有。我已经把一个微不足道、毫无价值的生命换成了一个祭祀、祈祷的人生。"

一阵短暂的沉默后，随后院长摆出一副更加轻松的姿态，笑了笑。

"我打算让你带个小包裹，等你到达马赛后帮我寄出去，我不想委托给中国的邮局。我马上取来。"

"您可以明天给我。"吉蒂说。

"你明天会很忙，没时间到这儿来了，我亲爱的。你今晚就和我们告别吧，这对你方便些。"

她站起身来，带着宽松的教服无法遮掩住的从容、高贵的气质，离开了房间。一会儿，圣约瑟修女进来了。她是来道别的，她祝愿吉蒂旅途愉快，说她会十分安全的，因为俞上校派去了得力的人护送她。还说，修女们经常单独地走这段旅程，没有遇到过伤害。还问吉蒂喜欢大海吗，我的上帝，要是印度洋起暴风雨，别提有多难受了，令堂见到自己的女儿会很高兴的，还叮嘱吉蒂一定要照顾好自己，毕竟现在她还有一个小生命需要关照。她们会为她祈祷，圣约瑟修女会经常为她、为亲爱的小宝贝，也为可怜勇敢的医生的灵魂祈祷。圣约瑟修女健谈，亲切，深情，然而吉蒂深深地意识到对圣约瑟修女来说（她抱定决心，凝视永恒），她只不过是个没有躯体或实体的幽灵而已。她有一种疯狂的冲动，想抓住这个胖乎乎、好脾气的修女的肩膀，摇晃她，大声喊："你不知道我是一个人吗，不幸福又孤独，我想要安慰、同情和鼓励。哦，你就不能离开上帝片刻，给我一点同情？不是基督教普度所有苦难众生的同情，而只是凡人给我的同情吗？"这种念头使吉蒂的嘴角露出了微笑：圣约瑟修女听到该有多惊讶啊！她肯定会确信她现在还只是怀疑的事情，那就是所有的英国人都疯了。

"幸运的是我一点也不晕船，"吉蒂回答说，"我还从未晕过船。"

院长拿着一个整洁的小包裹回来了。

"里面是我为我母亲的命名日做的手帕，"她说，"姓名中的大写字母是我们年轻的姑娘们绣的。"

圣约瑟修女建议吉蒂看看这手工活做得有多好，院长带着一种溺爱、嗔怪的微笑打开了包裹。手帕的质地是上等细麻布，首字母由拼合字绣成，字母上方是草莓叶子编织的花冠。在吉蒂体面地赞美了手帕的手工艺后，院长再次把手帕包了起来，把包裹递给了她。圣约瑟修女说了句"好了，夫人，我得离开了"，又重复了一遍礼貌而没有人情味的客气话，就走了。吉蒂也认识到该和院长道别了。她感谢院长对她的一片仁爱之心，她们一起沿着空荡、粉白的走廊走去。

"你到达马赛后，用挂号寄出这个包裹，不会给你添很多麻烦吧？"

"我一定做到。"吉蒂说。

她扫了一眼地址，姓名似乎很显赫，不过上面的地址倒是吸引了她的注意。

"这可是我去过的一个城堡，当时我和朋友正驾车游法国。"

"很可能，"院长说，"每周有两天时间允许游客参观。"

"我觉得我要是住在这么美好的地方，我是绝不会有勇气离开的。"

"那的确是一处历史遗迹，不过没有什么亲密感。如果我有什么遗憾，也不是在这里，而是我在孩提时，我们住的那座小城堡。它坐落在比利牛斯山上，我是伴着海浪声降生的。我不否认我有时很想听到海浪拍打岩石的声音。"

吉蒂觉得院长一边在揣测她的想法和她说话的缘由，一边在俏皮地取笑她。但是她们到达了修道院那个不起眼的小门前。令吉蒂惊讶的是，院长把她搂在怀里，吻了她。她那苍白的嘴唇压在吉蒂的脸颊上，吻了这边，又吻那边，这一举动非常出乎意料，弄得吉蒂的脸一下子通红，她真想哭出来。

"再见，上帝保佑你，我亲爱的孩子。"她拥抱了吉蒂一会儿时间。

"记住，尽责不算什么，那是对你的要求，就像手脏了洗一下，没有什么值得称赞的。唯一重要的是爱你的责任，当爱和责任合二而一时，那么神的恩惠就会降临于你，你就会享受到一种超出所有认知的幸福。"

修道院的门最后一次在她的身后关闭。

*69*

沃丁顿陪着吉蒂上了山，他们绕了个弯去看了沃尔特的坟墓。到了纪念牌坊，他向她道别。吉蒂最后一次注视着牌坊，她感觉到她能够回答牌坊外表所包含的神秘讽刺之意了，答案就是自己所经历的同样的讽刺之事。她坐上了轿子。

日复一日，沿途的风光成了她思绪的背景。她把这些景致看作两个圆形的立体视镜，里面承载着更多的意义，因为如今她所见到的一切只能勾起了她的回忆，也就在短短的几个礼拜之前，她还沿着这条同样的路朝相反的方向行进。苦力们担着行李，分散地走着：两三个人一伙，然后一百码外有一个单独的人，接着又是两三个。护送的士兵迈着笨拙的脚步踯躅而行，一天走二十五英里；女仆由两个轿夫抬着，而吉蒂由四个人抬着，不是因为她更重，而是为了体面。他们有时会遇见一连串担着沉重担子的苦役，排成一行晃晃悠悠地前行，有时会遇见一个坐轿子的中国官员，用好奇的眼神看着这位白人妇女。一会儿，他们会遇见穿着褪了色的蓝布衣、戴着大草帽的农民一路赶往市场。一会儿，又会遇见一位女人，或许年老，或许年轻，迈着缠足的小脚蹒跚而行。他们上上下下翻过了几座山丘，山上遍布整齐的稻田，农舍安逸地蛰居在一片竹林中。他们穿过破烂的村庄和人口稠密的城市，四周被围墙环绕，就像弥撒书里的城市。初秋的阳光宜人，若在黎明时分，熹微的晨光泼洒在整齐的稻田上，像一本童话故事，引人入胜。清晨天气微凉，随后的温暖令人非常愉悦。吉蒂沐浴在晨光里，尽情地享受着这种幸福。

一路上生动的景致，色彩优雅，差异迥然，姿态奇特，宛如一幅幅绚丽的挂毯，吉蒂的遐想也变成了不真实的幻影，像一个个神秘、朦胧的图形在那些挂毯前面晃动。带有雉堞围墙的湄潭府就像舞台上的油画在一出古剧中代表一座城市，那些修女、沃丁顿以及爱他的那位满族女人，是化装舞会上的大人物，其他人——在曲折街区上悄然行走的人和死去的人——是些跑龙套的角色。当然，这出剧和所有的人物都象征某种意义，但是意义何在呢？他们好像在跳一场祭祀之舞，复杂而古老，而且你也知道这些复杂的舞步都有一个意义，对你来说，明白这个意义很重要；然而你就是无法看出头绪，一点头绪也看不出。

吉蒂似乎难以相信（一个老妪沿着堤道前行，她身穿蓝布衣，在阳光下蓝色犹如天青石色。她的脸上遍布了皱纹，像一副老象牙面具。她倾斜着身子，挪动着两只小脚，手里还挂着一根长长的黑色拐杖）她和沃尔特也参加了那个奇异、虚幻的舞会，他们还扮演了重要角色。她原本可能会轻易地丢掉性命，就像他一样。这是个玩笑吗？或许这只是一个梦，她会一下子从梦中醒来，松口气。这一切似乎发生在很久以前和在一个很远的地方。很怪，那出剧的人物与阳光明媚的现实相比似乎那么的模糊。现在对吉蒂来说，这一切似乎是她正在阅读的一本小说。令人吃惊的是，小说似乎与她毫不相干。她已经发现她不能清晰地想起沃丁顿那张脸的模样了，而之前她是那么熟悉。

这天傍晚，他们应该到达西江边上的那座城市，从那儿要搭上汽船。自此，经过一夜的航程就到香港了。

70

起初，她为没有在沃尔特死的时候哭泣一事感到羞愧，那样做似乎太无情无义。唉，就连中国军官俞上校都是眼含泪水啊。她是被丈夫的死弄晕了头，难以理解他再也不会来到这栋平房，再也不会听到他早上起床后在苏州浴盆里洗澡的声音。他原来是个大活人，现在却死了。修女们对她信奉基督教的顺应天命感到吃惊，钦佩她忍受丧亲之痛的勇气。但是沃丁顿精明透顶，在他表示出极其严肃的同情背后，她有一种感觉——怎么说呢？——他言不由衷。当然，沃尔特的死对她是个打击，她不希望他死。但是毕竟她不爱他，从来没有爱过他。她表现出悲痛的样子才算是体面，若是让人看透了心思岂不伤风败俗丢人现眼。但是她已经历了太多事情，用不着再对自己装模作样了。在她看来，至少过去的几周时间让她学会了一个道理：有时对他人撒谎是必要的，对自己撒谎始终是可鄙的。她很遗憾沃尔特非常悲惨地死去，但她的遗憾仅仅是人性的悲痛，如果死者只不过是个熟人，她或许也是这样的感受。她承认沃尔特有许多令人钦佩的品质，可她就是不喜欢他，他一直令她讨厌。她不会承认他的死对她来说是一种解脱，她能坦诚地说如果她的一句话就能让沃尔特起死回生，她会说出那句话，但是她也不能否认有这种感觉，他的死在某种程度上使她的生活过得轻松一些。他们在一起永远也不会幸福，可分手又非常不容易。她对自己有这种感觉很吃惊，她想如果人们知道她的感受，会认为她残酷无情。唉，他们不可能知道。她想知道她的所有同辈人是否心里揣着不体面的秘密，他们时刻都在提防他人好奇的窥视。

她很少展望未来，也不做任何打算。她知道唯一能做的事就是她想要在香港尽可能做短暂停留。一想到要抵达香港，她就会心生恐怖。她似乎更情愿永远坐在藤条轿子上在友好、怡人的乡村里游荡，做一个与千变万化的生活毫不相干的看客，每晚在不同的屋檐下度过。但是马上要到来的事情必须得面对：到达香港后她先要住进旅馆，然后安排把房子处理掉，再把家具卖掉；没必要见汤森。他应该别再撞入她的生活中。而她倒想再见到他一面，为了告诉他她认为他是个卑鄙小人。

但是，查理·汤森有什么了不起的呢？

她心中有一个念头，好像一部竖琴在交响乐的复杂和声中被快速弹奏而发出的深沉旋律，不断地敲打着她的心房。正是这个念头赋予了稻田奇异的美感，使她苍白的嘴角露出一丝微笑，去面对一个脸上没有胡须的、兴高采烈赶车前往集市的小伙子路过她身边时那大胆的眼色，正是这个念头给她经过的每座城市赋予了一种不可思议的喧嚣生活。瘟疫肆虐的城市是一座监狱，她逃了出来，她以前从来没有体验到天空的湛蓝是那么的美好，一片片竹林如此优雅可爱，倚在堤道的一侧，身临其境该有多么快乐。自由！这就是她心中赞颂的念头，即便前途多么黯淡，它就是彩虹，犹如河面上的薄雾，在晨光的照耀下五彩斑斓。自由！它不仅摆脱了令人烦恼的一纸束缚，还解除了使她沮丧的一种伴侣关系；不仅消灭了死亡的威胁，还驱散了使她屈尊的爱情，所有的精神羁绊一扫而光，留下的只有自由、超然的灵魂。有了自由，她就有了胆量和勇气，敢于面对未来的一切。

## 71

船在香港靠了岸，吉蒂一直站在甲板上，观望河面上来往的五颜六色、生机盎然的船只，这时她返回客舱看看女仆落下什么东西没有。她对着镜子照了一下，她一身黑衣，是修女们为她染的一件连衣裙，就算孝服了。她突然闪出个念头，她必须做的第一件事情就是注意穿着打扮。表示悲哀的装束完全能有效地掩饰住她意外流露的情感。

有人敲她的客舱门，女仆把门打开。

"费恩夫人。"

吉蒂转过身，看到一张脸，最初她没有认出来这个人是谁，然后她的心跳突然加快，脸也唰地一下红了。来人是多萝西·汤森。吉蒂一点没想到能看到她，所以变得不知所措。汤森夫人进到客舱，张开双臂把吉蒂搂在怀里。

"哦，我亲爱的，我亲爱的，我非常为你感到惋惜。"

吉蒂任凭她亲吻了自己。吉蒂有些惊讶，多萝西过去一向被认为是冷漠、疏远的女人，今天竟这般热情洋溢。

"太谢谢了。"吉蒂小声说。

"到甲板上去吧。女仆会照看你的东西，我的男仆也来了。"

她拉起了吉蒂的手，吉蒂顺从地跟着，同时发现她那晒黑的、好脾气的脸上带着真正关心的表情。

"你的船提早了，我差点没有赶上，"汤森夫人说，"如果没有接到你，我说什么也饶不了自己。"

"可你不是特意来接我的吧？"吉蒂惊呼起来。

"我当然是来接你的。"

"可你怎么知道我要来？"

"沃丁顿先生给我拍了一封电报。"

吉蒂转过身去，她的喉咙哽住了，一点意外的好意竟如此感动她，真是好笑，她不想哭，她希望多萝西·汤森能离开，可是她却拉起了吉蒂身体一侧的手，并握紧了。这个腼腆的女人竟如此公开表露感情，让吉蒂困窘不已。

"我希望你答应我一个请求。查理和我都希望你在香港期间与我们住在一起。"

吉蒂连忙抽回了手。

"你们太客气了，但是我不能去。"

"可是你必须来。你不能单独住在自己家里，那对你来说太可怕了。我已经都准备妥当了，你会有自己的起居室，如果你不想与我们一起用餐，你可以自己在那儿吃饭。我们两个都想要你过来。"

"我没想住原来的房子，我打算在香港酒店订一个房间。

我不能给你们添那么多麻烦。"

汤森夫人的建议令吉蒂很吃惊，她感到困惑，也有些恼火。如果查理还有点自重的话，是绝不会允许妻子发出这种邀请的。她不想欠他们任何一方的人情。

"哦，但是，我不能让你去住酒店的，而且你也会讨厌眼下的香港酒店。那里的人三教九流，乐队整天地演奏爵士乐。求你答应到我们那儿去吧，我向你保证查理和我绝不会打搅你。"

"我不知道你们为何对我这么好。"吉蒂几乎是找不到推辞的借口，她又不能直接明确地说"不"。"恐怕我现在跟陌生人住在一起不太合适。"

"我们跟你是陌生人吗？哦，我决不希望是这样，我确实希望你能允许我做你的朋友。"多萝西两手紧扣，那冷静、从容、高贵的声音颤抖着，眼里含着泪水，"我非常希望你来，你知道，我要向你表示道歉。"

吉蒂没有明白她这话是什么意思，她不知道查理的妻子亏欠她什么。

"恐怕起初我不太喜欢你，以为你很放荡，你知道，我老观念了，想起来，叫人无法容忍。"

吉蒂瞥了她一眼，她的意思是说，起初她认为吉蒂低俗。尽管吉蒂不想在脸上露出任何痕迹，但在心里早已笑了起来，现在她才不在乎别人怎么看她呢！

"当我听说你毫不犹豫地跟你丈夫去了鬼门关时，就觉得自己是一个胆小卑鄙的人，感到非常羞愧。你一直表现得非常出色，非常勇敢，你使我们剩下的这些人显得一文不值，彻头彻尾的二流货。"说到这儿，眼泪夺眶而出，顺着她朴素、仁慈的脸庞淌了下来，"我无法表达我有多么地钦佩你，多么地尊敬你。我知道我无法弥补你痛失亲人的巨大损失，但是我希望你能明白我是真心、深切地同情你。如果你能让我为你做哪怕一点点小事，就是对我的莫大恩典。不要因为我错怪了你，就对我耿耿于怀，你是位英雄，而我只是个愚蠢的傻女人。"

吉蒂低头看着甲板，她的脸色十分苍白，她希望多萝西不要显示出如此无法控制的情感。她被打动了，这是真的，但是她不免对这件事有些心烦，觉得这个头脑单纯的女人竟会相信这样的谎话。

"如果你真的想让我去，我就恭敬不如从命了。"她叹息着说。

72

汤森一家住在山顶上一所俯瞰大海的房子里，查理通常不回来吃午饭，但是在吉蒂到达的那天，多萝西跟她说（现在还只有吉蒂和多萝西两人）如果她特别想见见他，他愿意回来一趟向她表示欢迎。吉蒂思忖着既然早晚得见到他，还不如现在就见，她带着无情的取笑心态，期待着她给他造成的那种尴尬。她很清楚她被邀请到家里是查理的妻子一时喜好所致，他顾不上自己的感情考量，也爽快地答应了。吉蒂知道，他总想把应为的事办好的欲望有多强烈，而给予她亲切的款待，无疑就是这种应为的事。不过他若想起他们最后一次见面的情景，不会不感到屈辱的：对于汤森如此虚荣的男人来说，那一幕一定令人难堪，就像一处不会愈合的溃疡。她希望她给他同样的伤害，因为他深深地伤害了她。他现在一定恨她，而她不恨他而是鄙视他，想到这一点，她就颇感高兴。想到不管他的感受如何，他将不得不对她大献殷勤，她就感到有种讽刺性的满足。那天下午，她离开他的办公室时，他一定满心希望今后再也别见到她。

现在，她和多萝西坐在一起，等他走进来。在奢华的起居室里，她意识到了自己很愉悦。她坐在沙发上，到处都是鲜花，墙上的绘画作品赏心悦目。房间是荫蔽的，很凉爽，有种亲切如家的感觉。她想起了传教士那栋房子的客厅，空荡荡的，几把藤椅，厨房的桌子上还铺了一块棉布，污迹斑斑的书架上摆满了廉价小说，几块短小的红色窗帘也落满了灰尘。她不禁打了个冷战，唉，那一切真是叫人太受不了啊！她猜测多萝西做梦都不会想到。

他们听到一辆车停了下来，查理大步流星地走进了屋。

"我来晚了吗？我希望没有让你们久等，我得去见总督，根本走不开。"

他走到吉蒂跟前，握住了她的双手。

"你来这儿我非常非常的高兴，我知道多萝西已经跟你说了，我们希望你住这儿，愿意待多久就待多久，希望你把我们这里当作自己的家。我还希望我也亲口告诉你。如果这世界上有什么事我能为你效劳，我会感到非常高兴。"他的眼里流露出迷人的真诚表情，她怀疑他是否看出了她眼中的讽刺。"我实在不善说辞，又不想让人觉得是傻瓜笨拙而不灵活的人，但我确实希望你知道对你丈夫的去世，我对你表示深切的同情。他是一个异乎寻常的善良人，这里的人对他的想念之情溢于言表。"

"别说了，查理，"他妻子说，"我相信吉蒂明白……鸡尾酒来了。"

按照外国人在中国的奢侈习惯，两个男仆端着开胃的菜肴和鸡尾酒走进屋里。吉蒂拒绝了。

"哦，你得来一杯，"汤森愉快、热忱地坚持说，"这对你有好处，我相信自从你离开香港，就不曾享受过鸡尾酒这东西。除非我完全搞错了，你们在湄潭府不可能弄到冰。"

"你没有搞错。"吉蒂说。

此刻，她的脑海里又浮现了那个乞丐的形象——蓬头垢面，衣衫褴褛，瘦骨嶙峋，暴尸于墙边。

73

他们开始共进午餐。查理坐在桌子的上首位置，轻松地控制住谈话的节奏。他开始说了几句同情的话后，就把吉蒂当作一位刚从上海做完阑尾手术后回来换换心情的人来招待，而不是刚刚遭受一场毁灭性的磨难。她需要高兴起来，他也准备好了让她高兴。让她感到宾至如归的唯一方法就是把她当家人看待。他是这方面的老手。他先谈到秋季的赛马大会，然后是马球——天哪，他要是不减肥，就得和马球说再见了——最后说到那天上午与总督的闲谈。他谈到他们在海军上将的旗舰上举行的一场聚会，谈到广东的时局以及庐山的高尔夫球场。几分钟后，她感觉到她就像周末一两天没在似的。这太让人难以置信了，那里，就在六百英里以外的内地（从伦敦到爱丁堡的距离，不是吗？）男人、女人和孩子像苍蝇那样成批死去。不一会儿，她就打听起在打马球时锁骨摔断的某某人的状况，这位太太是否回家了，那位先生是否参加了网球公开赛。查理开着小玩笑，她微笑着附和。多萝西拿出自己些许的优越感（现在把吉蒂也包括了进去，所以再不会有丝毫的冒犯）的派头温和地挖苦着殖民地的各类人物。吉蒂开始活跃起来了。

"哦，她看上去已经好多了，"查理对他妻子说，"午饭前她还那么苍白，令我很惊讶。她现在脸颊上有些颜色了。"

但是吉蒂一边参与到谈话中去，一边观察着主人，她的情绪即使不是兴高采烈（因为她觉得多萝西和非常注重礼仪的查理都不会赞同她那样做）至少也是愉快的。在过去的那几周里，她一直想着对他进行复仇，那时她心中对他有一个非常鲜明的印象。他浓密过长的鬈发梳理得过于仔细；为了掩饰日渐灰白的现实，抹了太多的头油；脸庞太红，脸颊布满淡淡紫色的血管，下腭太大；如果他不刻意抬起头掩饰一下，你会看到他的双下巴；他那对浓密、灰白的眉毛有点像猿猴，让她有点厌烦。他动作笨拙，尽管他非常注意饮食和锻炼，也没有避免渐渐发福；他的骨骼上面都是赘肉，关节也像中年人那样僵硬。他的时髦服装穿着有点紧，也过于年轻。

但是，当他在午餐前来到客厅时，吉蒂还是受到了强大的冲击（或许因此她脸色的苍白才那么明显），因为她发现自己的想象跟她开了个奇怪的玩笑：他一点不像她心中描绘的那样。她禁不住嘲笑起自己。他的头发根本没有变白，哦，只是鬈角有几根白发，但很相称；脸不红，但晒黑了；脖子上的脑袋也是好端端的；而且他不胖也不老：实际上算是苗条，体型令人钦佩——如果他因此有点自负，你能责怪他吗？——他好像还是个年轻人。当然，他的确知道如何穿衣戴帽，他看上去整洁、干净、阳光，否定这一点是荒唐的。她究竟中了什么邪，怎么那么看他呢？他是个美男子。幸运的是她知道他是多么的一文不值。当然，她始终承认他的声音有一种迷人的特性，跟她记忆中的一样：这就使他说的每一句假话更叫人生气。温暖、浑厚的语调在她的耳畔响起，里面充满了虚伪，她很纳闷她怎么就上当受骗了呢。他的眼睛很美，这正是他的魅力所在，那双眼睛放射出一种蓝色温柔的光芒，那双眼睛流露出的表情，哪怕他在梦呓，也令人非常愉悦。不被那双眼睛所打动几乎是不可能的。

最后咖啡端上来了，查理点着了他的雪茄。他看了一下表，从桌子边站了起来。

"哦，我得走了，你们两位女士自便吧，我该回办公室了。"他停了一会儿，然后用亲切、迷人的眼睛看着吉蒂并对她说："这一两天我不会打扰你，让你好好休息，然后我想和你谈点事。"

"和我？"

"我们必须办理你房子的出售事宜，你知道。然后就是家具。"

"哦，我可以找律师，没有理由麻烦你办这事。"

"我可不会让你把钱浪费在律师身上，这一切由我来办。你知道你有权享受一笔抚恤金，我打算跟总督大人谈谈，看看通过非正规渠道能否给你多争取一点儿。你的事就交由我来办吧。但是先别操什么心，我们希望你做的就是恢复身体、养好身体。不是吗，多萝西？"

"当然了。"

他朝吉蒂点了点头，然后走到妻子的椅子旁，抓起她的手，吻了一下。大多数英国男人吻女人的手时看上去很笨拙，而他做得优雅自如。

*74*

吉蒂在汤森家安顿妥当以后，才发现自己很疲惫。这种生活的舒适和不习惯的礼仪驱散了她一直遭受的那种生活压力。她已经忘却，安心多么令人愉快，被心仪的东西围绕多么使人安静，受人注意多么惬意。她松了一口气，沉浸在轻松愉快的东方奢华中。她以一种谨慎、有教养的姿态，成为大家同情的对象，感觉蛮好的。因为她最近才遭受丧夫之痛，所以大家不可能给她安排娱乐活动，但是殖民地重要人物的太太（总督阁下的夫人、海军司令的夫人和首席法官的夫人）都过来看望并安静地喝了杯茶。总督阁下的夫人说，总督非常想见见她，如果她愿意，可以安安静静地来总督府吃顿午餐（"当然不是宴会，只有我们和一些副官！"），那会很好。这些太太们把吉蒂当成了一件贵重又易碎的瓷器。她看得出她们把她看成一位女英雄，她也有足够的气质谦虚谨慎地把这个角色演好。有时她真希望沃丁顿在这儿，以他那双精明歹毒的小眼睛，定会看出这其中的滑稽之处，等只有他们两个人时，定会哈哈大笑的。多萝西收到了他的一封信，述说了她在修道院是怎样鞠躬尽瘁、充满勇气、沉着克制。当然，他是在使用伎俩愚弄她们，这个卑鄙小人。

75

不知道是偶然还是故意，吉蒂从来没有和查理单独待过。他的处世之道非常精湛，他依然亲切、体恤、宜人、和蔼。谁也猜不到他们的关系远非熟识。但是，一天下午她正躺在沙发上看书，他从走廊过来，停住了。

"你在读什么？"他问道。

"一本书。"

她面带讽刺的表情看着他。他笑了笑。

"多萝西去参加在总督府举行的露天招待会了。"

"我知道，你为什么没去呢？"

"我觉得我在那儿待不住，所以就想回来陪陪你。车子在外面，你愿意绕岛兜兜风吗？"

"不，谢谢。"

他坐在她躺着的沙发角上。

"你到这儿以后我们还没有机会单独说过话。"

她用冷漠、傲慢的目光直视他的眼睛。

"你认为我们彼此还有什么话可说吗？"

"千言万语说不完。"

她把脚挪动一下，以免碰着他。

"你还在生我的气吗？"他问，嘴角露出一丝微笑，眼里含着动人的神情。

"一点也不。"她笑道。

"我认为如果你不生我的气，就不会笑了。"

"你错了。我非常鄙视你，不值得跟你生气。"

他依然从容镇定。

"我认为你对我太苛刻了，冷静地回想一下，老实说，你不觉得我是对的吗？"

"那是从你的角度看。"

"既然你了解多萝西了，总得承认她相当不错吧？"

"当然，我会永远感谢她对我的盛情关爱。"

"她是万里挑一。如果我和她当初分开了，我将再不会得到片刻的安宁。离婚将是捉弄她的极坏的诡计，而且我总得想着我的孩子们，这会给他们造成严重的心理缺陷。"

她若有所思地盯着他有一分钟时间，她觉得她完全掌控了局面。

"在我来的一个礼拜中，我已经仔细地观察了你的言行，我已经得出结论：你是真心喜欢多萝西，我从来没有想到你能这样。"

"我告诉过你我喜欢她，我不会做任何让她有片刻不安的事，她是一个男人能找到的最好妻子。"

"你想过没有你对她有失忠诚吗？"

"眼不见心不烦嘛。"他微笑着回答。

她耸了耸肩。

"你真卑鄙。"

"我是人，我不明白为什么因为我深深地爱上了你，竟让你把我看得如此下贱，我不是非得那样的，你知道。"

听他这么说，她的心弦有点颤动。

"我是你捕获的猎物。"她怨恨地说。

"事实上，我没能预见到我们会陷入一种如此糟糕的困境。"

"不管怎么说，你都打算得非常精明，如果有人倒霉，那个人怎么也不会是你。"

　　"我觉得你说得太过分了。毕竟，现在一切都过去了，你必须明白我过去那样是为我们两个人好。当时你昏了头脑，应该为我还保持清醒而感到高兴才是。你认为如果我按照你希望的做了，就一定会成功吗？我们曾经像热锅上的蚂蚁，也很可能就掉进火中，落得更惨的下场。如今你毫发未损，我们为什么不能亲吻对方，再成为朋友呢？"

　　她几乎笑出声来。

　　"你别想让我忘掉当初是你毫不留情地把我送上死路的。"

　　"哦，一派胡言！我告诉过你如果预防得当就会安然无恙。如果我没有十分把握的话，你觉得我会让你去吗？"

　　"你确信是因为你想是那样。你就是一个懦夫，只想着怎么有利就怎么想。"

　　"好吧，布丁好坏，不尝不知。你已经回来了，如果你不介意我说些不中听的话，你这次回来比以前更漂亮了。"

　　"那沃尔特呢？"

　　他无法抗拒脑子里冒出来的诙谐答案，他笑着说：

　　"没有比黑色的衣服再适合你了。"

　　她盯着他看了一会儿，泪水涌入眼眶，哭了起来，美丽的脸庞因为悲痛而扭曲着。她不想遮掩，而是把身体靠到沙发上，两只手放在身体的两侧。

"看在上帝的分上，别哭了。我的话没有恶意，只是个玩笑。你知道我对你的丧夫之痛表示真诚的同情。"

"哦，闭上你那张愚蠢的嘴巴。"

"我愿付出任何代价让沃尔特回来。"

"他是因为你和我才死的。"

他拉住了她的手，但她抽了回来。

"请你走开，"她抽泣着说，"这是你现在唯一能为我做的。我恨你，鄙视你。沃尔特比你强十倍，我就是个大傻瓜，竟没有看到这一点。走开，走开。"

她看他还要说什么，便一下子站起来，走进自己的房间。他跟着她，走了进去，出于本能的谨慎，连忙把百叶窗拉上了，使他们几乎处在黑暗中。

"我不能就这样离开你，"他说着并伸出胳膊抱住了她，"你知道我不是有意伤害你。"

"别碰我，看在上帝的分上，走吧，离开这儿。"

她试图从他的怀里挣脱开，但是他不肯放开她，她歇斯底里地哭了起来。

"亲爱的，你不知道我一直是爱着你吗？"他用深沉而迷人的声音说，"我比任何时候都爱你了。"

"这种谎话你怎么也能说出口！放开我，该死的，放开我。"

"不要对我这样无情，吉蒂。我知道我残忍地对待过你，但是原谅我吧。"

她在哭泣、颤抖，挣扎着想摆脱他，但是他紧抱的双臂却奇怪地令她感到安慰。她曾经渴望再感受一次被这双胳膊拥抱的感觉，哪怕就一次，现在她浑身震颤，她觉得太虚弱了，好像骨头都在融化似的，刚才对沃尔特的悲痛变成了对自己的怜悯。

"哦，你怎么能对我那么无情？"她抽泣着说，"难道你不知道我是全身心地在爱你吗？从来没有人像我那样爱你。"

"亲爱的。"

他开始吻她。

"不，不。"她喊叫着。

他想吻她的脸，她把脸扭到了一边，他又想吻她的嘴唇。她不知道他在说什么，断断续续，一句句充满激情的爱语。他的胳膊紧紧地搂着她，使她感觉自己像一个走失了的孩子，现在终于安全地回到了家。她轻轻地呻吟着，闭上了眼睛，泪水湿透了脸庞。后来他找到了她的嘴唇，当他的双唇贴到她的嘴唇时，一股上帝的火焰燃遍了全身。这是一种销魂，她被烧成灰烬，放着光芒，仿佛变了形状。在梦里，在梦里她曾经体会过这样的狂喜。现在他要跟她做什么？她不知道。她已经不再是个女人，她的个性已经溶解消散，身体里只留下了欲望。他把她抱了起来，她轻轻躺在他的双臂上，他抱着她，她紧贴着他，极度的渴望和爱慕。她的头陷到了枕头里，他的嘴唇与她的相吻。

76

她坐在床沿上，双手捂着脸。

"你想喝口水吗？"

她摇摇头。他走到盥洗盆那儿，用刷牙杯接了水，给她端过来。

"来吧，喝点水，你会感觉好一些的。"

他把杯子送到她嘴边，她抿了一口。然后用惊恐的眼神盯着他。

他站在她旁边，低头看着她，眼里闪着自鸣得意的神色。

"好了，你还认为我是你认为的那个卑鄙小人吗？"他问。

她低下头。

"是的，但是我知道我也不比你好多少。哦，我太羞愧了。"

"唉，我觉得你太忘恩负义了。"

"你现在就走，好吗？"

"说实话，也该走了，在多萝西回来前我还得收拾一番。"

他迈着快活的步伐走出了房间。

她在床沿又坐了一会儿，像个痴愚那样蜷缩成一团待在那里，脑子里一片空白，浑身打了个战栗。她跟跄站起来，走到梳妆台，一屁股坐进椅子里。她盯着镜子里的自己，眼睛哭肿了，脸上都是哭过的痕迹，脸颊一侧还有一个红印，是他的脸颊压的。她惊恐地看着自己，同一张脸，她不知道堕落会变成什么样，她一直想从这张脸上看出点端倪。

"蠢猪，"她对着镜子里的自己大声骂道，"蠢猪。"

然后，她把脸伏在胳膊上，痛哭起来。可耻，可耻！她不知道她到底是怎么了，太可怕。她恨他，也恨自己。那就是鬼迷心窍，哦，太可恨了！她再也不会看他的那张脸了。他说的是很有道理的，不娶她是对的，因为她一文不值，她不比娼妓好多少，嗯，更差，因为那些穷苦的女人是为了面包才卖身。也是在这所房子里，多萝西在她非常悲痛和极为孤寂的时候把她接进来的！她的肩膀跟着抽泣抖动。现在一切都一去不复返了。她原以为自己变了，以为自己强大了，以为回到香港，就是一位自尊自爱的女人；新的念头像阳光下的黄色蝴蝶在她的心田里飞荡，她曾希望未来会更加美好。自由像光的灵魂向她召唤，世界犹如广袤的平原，任她迈着轻盈的步伐，昂首前行。她原以为自己摆脱了肉欲和卑鄙的情爱，自由地过着干净健康的精神生活。她曾把自己比作白鹭，黄昏时分悠闲地在稻田上空飞翔，它们就像安静自处的片片思绪在空中翱翔，可惜她却是欲望的奴隶。软弱，软弱！这是无可救药，再去努力也是无济于事，她就是一个荡妇。

她不想去吃晚饭，就让男仆告诉多萝西一声，说她头疼，更想在屋里待会儿。多萝西来了，看见她红肿的眼睛，就温柔、同情地与她聊了一会儿琐事。吉蒂知道多萝西还以为她是因为沃尔特而哭泣，所以像她那样善良、有爱心的妻子会表示出同情，也会尊重自然流露出的悲痛。

"我知道这很难，亲爱的，"她走时对吉蒂说，"但是你必须尽力拿出勇气，我相信你丈夫也不希望你为他而悲痛。"

77

第二天早晨，吉蒂早早起来，给多萝西留了一张字条，说她外出办事，就乘有轨电车下山了。街上拥挤不堪，欧洲人、华人混杂在一起，汽车、人力车、轿子来来往往，她穿过街区来到了半岛东方轮船公司办事处。两天后有一艘船离开，是最早离开港口的航轮，她下定决心，不惜任何代价也必须登上那条船。当工作人员告诉她每个舱位都预定出去时，她要求见总代理。她通报了自己的名字，那位与她有过一面之缘的代理出来把她领进了办公室。他了解了她的情况，当她向他说明了她的愿望后，他叫人拿来了乘客名单，他看着名单，脸上露出为难的表情。

"我恳求你尽量帮帮我。"她催促着说。

"我想在这块殖民地上的每个人都愿意为你做世界上的任何事情，费恩夫人。"他回答道。

他叫来了一名职员，询问些情况，然后点了点头。

"我要调换一两个人。我知道你想回家，我想我们应该竭尽全力满足你的要求。我能为你安排一个小客舱，我想你会更喜欢的。"

她感谢了他，心满意足地离开了。逃走，这是她唯一的念头，逃走！她给父亲发了一封电报，通告说她即刻返回。此前她已经给他发过电报告诉了沃尔特的死讯。然后她回到了汤森家，把订船票的事告诉了多萝西。

"你要离去使我们感到非常遗憾，"这位好心人说，"不过我非常理解你想和父母待在一起的心情。"

自从吉蒂回到香港以来，她就天天迟疑不决，不愿回到自己的那所房子。她害怕再走进去，害怕面对能勾起她回忆的那些场景。但是如今她别无选择，只得前往了。汤森已经安排妥当了卖家具的事情，也找到了一位急着租房子的人，但是房子里有她和沃尔特的衣服，他们去湄潭府的时候几乎什么都没带，另外还有书、照片和各种零碎东西。吉蒂并不在乎这些东西，急于跟过去一刀两断，她意识到如果她把这些东西连同其他东西一起拍卖的话，一定会触怒殖民地脆弱的神经，所有这些东西只能打包寄到她的名下。所以吃完午饭后，她准备回家一趟。渴望帮忙的多萝西主动提出要陪她，但是她央求让她自己去，最后她同意让多萝西的两个男仆跟去，帮着打包。

这所房子一直由管家照看，他为吉蒂把门打开。像个陌生人一样走进她自己的家，这种感觉令人奇怪。房子收拾得干净整洁，东西各就各位，她随时可用。尽管这天气候温和、阳光明媚，但是在寂静的房间里散发着一种寒冷、荒凉的气息。家具依然呆板地摆放在原处，用来插花的花瓶也还在原位；吉蒂记不起来何时扣在桌上的那本书还原封没动地扣着。这种情景犹如这所房子刚在一分钟前才人去楼空，然而这一分钟又充满永恒，使你无法想象这所房子何时再会回响起欢声笑语。钢琴上放着一本打开的狐步舞曲乐谱，似乎等待着人来弹奏，可你却有一种感觉，如果你按下琴键，不会发出任何声音。沃尔特的房间如他在时一样整洁。衣柜上摆放着吉蒂的两张大照片，一张是她穿着演讲时的连衣裙，另一张是她穿着结婚时的礼服。

男仆从储藏室里搬出了行李箱，吉蒂站在一边，看着他们装箱。他们打包的动作干净利落。吉蒂思考着，还有两天的时间，应该能轻松地把所有的事情打理妥当。决不能让自己胡思乱想，没有那个闲工夫了。忽然，她听到身后有脚步声，回头一看，是查理·汤森，她的心里打了个冷战。

"你来干什么？"她说。

"能去你的起居室吗？我有话要跟你说。"

"我很忙。"

"只占用你五分钟时间。"

她没再说话，只吩咐仆人们接着干他们的活，然后领着查理来到了隔壁的房间。她没有坐下，目的是向他表明她不希望他耽搁太长的时间。她知道她的脸色苍白，心跳得很快，但还是冷淡地面对他，眼里充满敌意。

"你有什么事？"

"我刚听多萝西说你后天就要走。她告诉我你来这儿收拾东西了，她让我打个电话问问是否有需要我帮忙的。"

"非常感谢你，但是我一个人完全能行。"

"我想也是。我来不是要问你这个，我来是要问你突然要走是不是因为昨天发生的事。"

"你和多萝西对我很好，我不希望让你们觉得我是在利用你们的好心肠。"

"这有点所问非所答了吧。"

"这对你很重要吗？"

"非常重要，我不希望是我做了什么事把你逼走了。"

她站在桌子旁，低着头，目光落在了《随笔》上。那是几个月前的事了，正是这张报纸，在那个可怕的晚上，沃尔特就一直盯着它看，当时——可现在沃尔特……她扬起了脸。

"我彻底堕落了，你不可能像我鄙视自己那样鄙视我。"

"可我没有鄙视你，我昨天说的每一句话都是当真的。你这样一走了之有什么好处呢？我不明白为什么我们不能成为好朋友呢，我不愿意让你觉得我严重地伤害了你。"

"为什么你就不能让我一个人待会儿？"

"真见鬼，我不是木头也不是石头。你这么看待这件事，太不理智了，太病态了。我原以为你会对我更亲切一点呢，毕竟我们都是人。"

"我没觉得自己是人，我觉得我像动物，猪、兔子、狗。哦，我没有怪你，我也不是好人。我屈服于你是因为我需要你，但那不是真正的我，我不是一个可憎、放荡，像野兽一样的女人，我不承认她是我。我丈夫躺在坟墓里尸骨未寒，你妻子对我那么好，到了难以形容的程度，而那个躺在床上渴望你的人，怎能是我呢，那只是我身体里的兽性，像恶魔的幽灵那样黑暗、可怕。我否认它、憎恨它、鄙视它。而且从那时起，一想起它，我就反胃，就觉得我得吐。"

他皱了皱眉，不自然地笑了一下。

"嗯，我很宽宏大量了，可是有时你说的话确实让我感到匪夷所思。"

"那我很抱歉了，你最好还是现在走吧。你是个微不足道的小人，我很愚蠢，才跟你认真地在这儿谈话。"

他一时没有答话，通过他眼里呈现的阴影，她看出了他对她生气了。等还像以前那样谦恭寒暄为她送行时，他一定会如释重负地叹一口气。想到他们彬彬有礼地握手道别、他祝愿她旅途愉快、她对他的款待表示感谢的种种情景，她就觉得好笑。但是她看到他的表情变了。

"多萝西告诉我说你怀孕了。"他说。

她觉得脸红了，但没让自己失态。

"是的。"

"我有可能是孩子的父亲吗？"

"不，不。孩子是沃尔特的。"

她不可避免地加重了语气说这句话，可话一出口，她便知道这种语气不会让人信服。

"你肯定吗？"他幸灾乐祸地笑了起来，"毕竟，你和沃尔特结婚两年，可是什么事也没有发生。日期好像也很吻合，我认为这孩子更有可能是我的，而不是沃尔特的。"

"我宁愿杀了我自己也不愿生下你的孩子。"

"哦，好了，那是废话。我将无比高兴和骄傲。我希望是个女孩，你知道。我跟多萝西生的都是男孩。不久你就会清楚了，你知道，我的三个孩子跟我是一个模子刻出来的。"

他又恢复了愉快的心情，她知道是为什么。如果这个孩子是他的，即便她可能再也见不着他，她也不能完全地避开他。他对她的影响力会延伸，不论是明里还是暗里都还会影响她每一天的生活。

"你真是最虚荣、最愚蠢的浑蛋，我真是倒了大霉遇见了你。"她说。

78

轮船驶入马赛港，吉蒂望着那高低错落、秀丽迷人的海岸线在阳光下闪着银光，她突然看见了圣母玛利亚的金色雕像坐落在圣母玛利亚大教堂的屋顶上，作为保佑海上船员安全的象征。她想起了湄潭府修道院的修女们，在永远离开自己的家乡时的情景：远处的雕像渐渐消失，变成了蓝天里仅有的一点金色的光芒，她们都跪下祈祷，以减轻离别的痛苦。她双手紧扣，向冥冥之中的神灵祈祷。

在漫长而平静的旅途中，她不停地思考着发生在她身上的那件可怕的事。她无法理解自己，她的所作所为完全出乎意料。她到底是中了什么邪，使她在鄙视他——完全地鄙视他的情况下，却还是满怀激情地投入到了查理的肮脏怀抱？她怒火中烧，对自己的厌恶感纠缠她。她觉得她永远也不会忘掉自己的羞耻。她哭了，然而随着船离香港越来越远，她感到心中的怨恨不知不觉地失去了清晰的模样。一切似乎发生在另一个世界里，她就像是个突然患上疯病的人，恢复以后对依稀记得在身不由己的情况下做过的荒诞事感到痛苦和羞愧。因为知道是身不由己，所以还是有机会请求人们的原谅。吉蒂认为或许一个宽宏大量的人会同情她而不是指责她。然而当想到她的自信心已经破灭时，又叹了口气。展现在她面前的曾经是一片坦途，而现在她看到的是一条曲折艰难的路，而且布满了陷阱在等着她。印度洋的浩瀚海面和凄美的日落使她的心平静了下来。这时她注定在前往某个国家，在那里她可以自由地拥有自己的灵魂。如果她需要付出艰苦斗争的代价才能找回自尊的话，那好，她必须拿出勇气去面对。

　　未来是孤独而艰难的。在塞得港，她曾收到母亲回复她电报的信件。这是封长信，用大而夸张的字体写成，母亲年轻时小姐们都学的这种字体。华丽的辞藻，优雅的语句，使人感到没有什么诚意。贾斯汀太太对沃尔特的去世表示哀悼，对女儿的哀痛深表同情。她担心吉蒂的生活保障不足，不过殖民地部会给她一笔抚恤金的。她得知吉蒂即将回到英格兰很高兴，当然她得跟父母住在一起直到孩子出生。接下来是吉蒂必须遵守的一些注意事项，以及她妹妹多丽丝分娩的各种细节。还有多丽丝的儿子多重了，他祖父说还从未见过这么好的孩子。多丽丝如今又怀孕了，他们希望再添一个男孩，以保证准男爵的爵位继承下去。

吉蒂看出信的本意是确定邀请她的具体时间。贾斯汀太太无意背上一个条件一般的寡妇女儿的包袱。奇怪呀，她想起母亲是怎样把她当偶像崇拜的，可现在，对她失望了，觉得她就是个累赘。父母和孩子的关系有多怪啊！孩子小的时候，父母溺爱，对孩子常有的小病小灾是大惊小怪恐有闪失，孩子们也依恋他们的父母，尊敬、爱戴他们。几年过去了，孩子们都长大了，跟他们毫无血缘关系的人对他们的幸福变得比父母更加重要了。冷漠代替了过去盲目和本能的爱，彼此相见也成了烦躁和生气的来源。从前一想到要有一个月的离别，他们就心烦意乱，如今就是几年不见他们也能坦然处之休闲度日。她的母亲不必担心，一有机会，她就能为自己安个家。不过她得需要一点时间，目前什么事情都不清楚，她无法勾画出任何未来的图景：或许她会死于分娩，那可就一劳永逸了。

船再次靠岸之后她又收到了两封信。她认出了她父亲的笔迹，感到惊奇，她记得父亲从未给她写过信。他在信中没有流露出什么感情，只在信的开头写着：亲爱的吉蒂。他告诉她这封信是他替她妈妈写的，她妈妈身体不好，不得不住进一家养老院做手术。吉蒂没有感到意外，还是按原来的打算走海路回去；走陆路费用非常高，再说如果母亲不在家，吉蒂待在哈林顿花园的房子里，也不方便。另一封信是多丽丝写的，开头写到"吉蒂宝贝儿"，这样称呼并不是她对吉蒂有什么特殊的感情，而是她对认识的每一个人都是这么称呼的。

吉蒂宝贝儿：

　　我想父亲已经写信给你。母亲必须接受一次手术，好像她去年以来就一直很不好，但你知道她讨厌医生，她一直在服用各种成药。我不太清楚她得的是什么病，因为她坚持保守秘密，你要是问她，马上发火。她看上去可糟糕透了，如果我是你，就会在马赛下船，然后尽早地赶回来。但别把我说的情况泄露出去，因为她还假装自己没有大碍，不想让你到家时看她还不在。她已经迫使医生许愿一个礼拜后让她出院。

最爱你的

多丽丝

　　我对沃尔特的死深表遗憾。你一定熬过了一段极其艰难的岁月，可怜的宝贝。我非常渴望见到你，我们要一起生孩子，多有意思。我们一定能够手握着手的。

吉蒂陷入了沉思，她在甲板上站了一会儿。她无法想象母亲会生病，在她的记忆中，她总是活跃而坚定。别人要是闹个小病小灾的，她总是不耐烦。这时一个船员走到她跟前，递给她一封电报。

**沉痛告知你的母亲于今晨去世。父亲。**

79

吉蒂按响了哈林顿花园那栋房子的门铃，她被告知她的父亲正在书房里，便走了过去，轻轻地推开了门。他坐在火炉边，看最新一期的晚报。吉蒂进来时他抬起了头，把报纸放下，赶紧站了起来。

"哦，吉蒂，我以为你会乘下一班的火车到。"

"我觉得还是不麻烦您去接我，所以就没拍电报告诉我预计到达的时间。"

他让她亲吻了脸颊，那种动作她还记忆犹新。

"我刚看了几眼报纸，"他说，"我这两天都没看报纸。"

她看得出来，他觉得他忙于日常生活需要一番解释。

"当然，"她说，"您一定累坏了。恐怕母亲的去世对您是个很大的打击。"

他比她上次看见时更老、更瘦了，俨然是一个满脸皱纹、瘦削干瘪的小老头，但一副完美的做派。

"医生说没有什么希望了。她不舒服有一年多了，但是她拒绝去看医生。医生告诉我她一定经常疼痛，他说她能忍下来简直是个奇迹。"

"她从来也没抱怨过吗？"

"她说过她不是很舒服，但是从来不说疼痛的事。"他停了一会儿，看着吉蒂，"走这么远的路，你很累吧？"

"不太累。"

"你想上去看她一眼吗？"

"她在这儿？"

"是的，她从疗养院被送回来的。"

"好，我现在就去。"

"你希望我陪你去吗？"

她的父亲的语气里有某种意思，让她迅速地看了他一眼。他把脸略微地转了过去，他不想叫她看见他的眼睛。吉蒂近来已经掌握了一门看透他人心思的绝技。毕竟，她要天天使出自己所有的感知力，从她丈夫的只言片语或无意的举止中揣测他隐藏的想法，所以她马上猜到她父亲想掩饰什么。他觉得这是一种解脱，一种无限的解脱，连他自己都吓了一跳。近三十年来，他一直是一个非常忠诚的丈夫，从未说过一句贬低妻子的话，而现在更应该哀悼她。他一直按照别人的期望做事，要是通过一个眨眼或者最细微小动作看出，他现在的心境不是一位丧妻之痛的丈夫应有的，那他会因此而感到震惊。

"不，我还是一个人去吧。"吉蒂说。

她上了楼，走进了她母亲那么多年一直住的那间又大又冷又矫饰的卧室。她清晰地记得那些笨重的红木家具和墙壁的那些模仿马库斯·斯通的雕刻装饰品。梳妆台上摆放的东西有板有眼，是贾斯汀太太一生的苛求。鲜花的摆放很不协调，贾斯汀太太可能以为卧室里摆花很傻气、做作，又不利于健康。花香没有盖过那股刺鼻的霉味，就像刚洗过的亚麻布味，吉蒂记得这是她母亲房间里特有的气味。

贾斯汀太太躺在床上，双手轻柔地交叠在胸前，如果她活着，是不会忍受这种姿势的。她的五官轮廓非常清晰，脸颊由于病痛的折磨而塌陷，太阳穴也凹了下去，但是她看上去依然很美，甚至威严。死亡带走了她脸上的尖酸刻薄，只留下性格的印象。她就像是一位罗马皇后。吉蒂很奇怪，在她见过的死人中，这是第一个死后而面貌似乎保持不变的人，就像是被赋予了灵魂的泥人。她无法感到悲哀，因为她们母女之间有太多的辛酸往事，在吉蒂的心里对母亲没有很深的感情。回顾她曾经是姑娘时，她知道正是她的母亲把她打造成了现在的样子。

但是当她看着那个严厉无情、专横跋扈、野心勃勃的女人却那么安静地躺在那里，带着所有未竟的夙愿离去时，不由得感到有一丝的悲悯。母亲这一辈子谋划、算计，而渴望的却是那些低级无聊、毫无价值的东西。吉蒂想知道或许在另一个世界上她看到自己世俗的一生是否会感到惊愕。

多丽丝进来了。

"我想你会乘这趟火车回来的，我觉得我得来看看。是不是很可怕？可怜的妈妈。"

她一头扑进吉蒂的怀里，号啕大哭。吉蒂吻了吻她。她知道母亲是怎样忽视多丽丝而偏向她的，也很清楚她是怎样苛刻地对待多丽丝的，原因就是她很平庸迟钝。她怀疑多丽丝是否真的像她表现得那样过度的悲伤，不过多丽丝向来就多愁善感。吉蒂也希望自己能哭上几声，不然多丽丝会觉得她心肠太硬。吉蒂觉得她经历了太多，无需装出一副悲痛的样子。

"你想去看看父亲吗？"她看到多丽丝感情爆发的势头有些减弱，就问她。

多丽丝擦去眼泪。吉蒂发现妹妹的容貌因怀孕的原因变得更加迟钝，加上一身黑连衣裙，显得臃肿邋遢。

"不，我想还是不去了，去了还得哭。可怜的老头，他坚强地挺了过来。"

吉蒂把妹妹送出屋，又回到了父亲那里。他站在壁炉前，报纸被整齐地叠好，他想让她看到他没有再去看它。

"我晚饭没有换衣服，"他说，"我觉得没什么必要了。"

*80*

他们吃了晚饭。贾斯汀先生向吉蒂详细地讲述了妻子生病和去世的经过，告诉她朋友们已经来信表达了他们的好意（他的桌子上堆了很多吊唁函，想到回复是个负担，他就叹了口气），还告诉她葬礼的安排。然后他们回到他的书房。这是整栋房子唯一有火炉的房间，他机械地从火炉架上拿起烟斗，开始装烟丝，但他心怀疑虑地看了女儿一眼，又把烟斗放下了。

"您不是要抽烟吗？"她问。

"你母亲不太喜欢晚饭后闻到烟斗的味道，自从战争以来我就不再抽雪茄了。"

他的回答让吉蒂感到一阵心痛。一个六十岁的人，想在自己的书房里抽烟还得犹犹豫豫，似乎太不像话了。

"我喜欢烟斗的味道。"她微笑着说。

他的脸上呈现了一丝安慰的表情，他把烟斗重新拿起来，点着了。他们在炉火两侧面对面坐了下来，他觉得他得跟吉蒂谈谈她自己的不幸遭遇。

"我想你收到了你母亲寄到塞得港的信，可怜的沃尔特的死讯对我们俩是个很大的打击，我认为他是一个非常不错的小伙子。"

吉蒂不知道该说什么好。

"你母亲告诉我说你要生孩子了。"

"是的。"

"预计在什么时候？"

"大概四个月后。"

"那将给你很大的安慰。你一定得去看看多丽丝的儿子，很健康的小家伙。"

他们说着话，可彼此的距离好像比初见的陌生人还远，因为要是陌生人，他会因此而感兴趣，会好奇，可他们共同生活的过去成了立在他们之间的一堵冷漠的墙。吉蒂深知她从未做过能让父亲宠爱的事，他在这个家里从来就毫无地位，他理所当然是养家糊口的人，却因为无法给家人提供更奢华的生活而受到蔑视。发现他心中对她一点感情都没有，她大为震惊。她早就知道她们都非常烦他，没想到他同样非常烦她们。他还像以前一样和蔼、顺从，但是她在磨难中学到的那种令人痛苦的洞察力告诉她，他从心底里讨厌她，尽管他现在绝不可能承认这一点，而且永远也不会承认。

他的烟斗堵了，他站起来去找点东西透一透，也许是个借口来掩饰自己的紧张。

"你母亲希望你待在这儿，直到生完孩子。她还想把你以前的房间收拾出来。"

"我知道，我保证不会给您添麻烦。"

"哦，不要那么说。在这种情况下，很明显你唯一能去的地方就是父亲这里，不过实际上，我刚好被提名就任巴哈马群岛首席法官职位，我已经答应了。"

"哦，父亲，我非常高兴，真心地祝贺您。"

"这个提名来得太晚了，没能告诉你们可怜的妈妈，这会让她满心欢喜的。"

这是对命运的辛辣讽刺！贾斯汀太太用尽了浑身解数、费尽心机、受尽屈辱，尽管屡屡失望令她降低了目标，可还是没能看到自己的雄心最终得以实现就撒手人寰。

"下个月初我将乘船启程。这所房子自然要交到代理商的手上，我想把家具也一起卖掉。我很抱歉不能让你住在这儿，不过如果你喜欢哪件家具布置你的房间，我非常愿意送给你。"

吉蒂看着炉火，心跳加快。她纳闷怎么突然间变得这么紧张。最终她还是强迫自己开了口，声音有点颤抖。

"我不能和您一起去吗，父亲？"

"你？哦，我亲爱的吉蒂。"他的脸色沉了下去。她以前经常听到他这样称呼，但觉得只不过是句口头禅，如今她有生以来第一次看到他说这句话的情节，非常明显，令她惊讶。"但是你所有的朋友都在这里，多丽丝也在这里。我想过如果你在伦敦租个公寓住下，你会很高兴的，我现在不太清楚你的经济状况，但是我很愿意替你付租金。"

"我的钱维持生活足够了。"

"我要去一个陌生的地方，那里的状况我一无所知。"

"我已经习惯了陌生的地方，伦敦对我来说一点意义也没有了，在这里我喘不过气来。"

他闭上眼睛待了一会儿，她原以为他要哭出来，因为他的脸上有种极为痛苦的表情，她很揪心。她的想法是对的，妻子的去世使他如释重负，如今彻底与过去决裂的机会又赋予了他自由。他已经看到了新的生活展现在他的前面，这些年都过去了，他再也不会无所事事，幸福也不再是幻想了。终于，他睁开了眼，情不自禁地叹了一口气。

"当然，如果你希望去，我非常愿意。"

真是可怜，短短的内心挣扎，他便屈服于自己的责任心；短短的几句话，他就放弃了自己所有的希望。她从椅子上站起来，走到他面前跪下，抓住了他的双手。

"不，父亲，除非您需要我，否则我是不会去的。您牺牲自己已经够多了，如果您想一个人去，就去吧，用不着考虑我。"

他抽出了一只手，抚摸着她漂亮的头发。

"我当然需要你，我亲爱的。毕竟我是你父亲，你又是个寡妇，无依无靠。如果你需要和我在一起，我要是不同意，那就太无情了。"

"但是，这就是问题所在，我不会因为我是你女儿就提出各种要求，您不欠我什么。"

"哦，我亲爱的孩子。"

"什么也不亏欠，"她激动地重复着，"一想到我们一生都在靠您养活，却没有给您任何回报，我就感到愧疚。我们甚至对您一点爱都没有，恐怕您一直过得不太幸福，您愿意让我对过去没能做到的一切做点弥补吗？"

他的眉头稍稍地皱了起来，对她的感情流露感到有些尴尬。

"我不明白你的意思，我从来没有抱怨过你们。"

"哦，父亲，我经历了太多，有过太多的不幸。我已经不是离开这儿时的那个吉蒂了。我还很脆弱，但是我不再是那个肮脏、下流的人了。您能给我一次机会吗？现在我在这个世界上只有您了。让我努力去使您爱我，好吗？哦，父亲，我是那么地孤独、悲惨，我太需要您的爱了。"

她把脸伏在他的腿上，哭了起来，仿佛心碎了。

"哦，我的吉蒂，我的小吉蒂。"他讷讷地说。

她抬起头，用手臂搂住了他的脖子。

"哦，父亲，好好待我，我们彼此善待吧。"

他吻了她，像情人似的吻了她的嘴唇，他的脸颊挂满了泪水。

"你当然需要跟我去。"

"您要我去吗？您真的要我去吗？"

"是的。"

"我太谢谢您了。"

"哦，我亲爱的，不要再跟我说这样的话了，那让我感到非常的尴尬。"

他拿出他的手帕擦干了她的眼泪，他微笑了，这是她从未见过的微笑。她再次伸出双臂搂住了他的脖子。

"我们将开始非常快乐的生活，亲爱的父亲。您不知道我们在一起会有多少乐趣。"

"你没忘记你就要生孩子吧。"

"我很高兴她将出生在一个地方，那里有浪涛声声的碧海和广阔无垠的蓝天。"

"你已经肯定是女孩吗？"他低声说，脸上挂着淡淡、呆板的微笑。

"我希望是个女孩，我想把她养大，让她不会犯我曾经犯过的错误。一回想起我是个女孩时，我就恨我自己，可我再也没有机会了。我要把女儿养大，让她成为一个自由的人、一个自食其力的人。我把她带到这个世界上来，爱她，养育她，不只是为了某个男人很想跟她睡觉就供她吃住，养她一辈子。"

她感觉他父亲的身体僵住了。他从未听到过这方面的事情，今天竟听到这些话出自女儿之口，使他十分震惊。

"就让我袒露心声吧，就这一次，父亲。我以前是个愚蠢、无德、可恨的人。我已经受到了严厉的惩罚，我决心让我的女儿远离这一切。我想要她成为一个无畏、坦率的人，一个不依赖别人的人，拥有自我的人。我希望她自由自在地生活，比我生活更好。"

"哎呀，我心爱的，你说的这番话好像你是五十岁的人了。你人生的路还长着呢，千万不能灰心。"

她摇了摇头，慢慢地露出了微笑。

"我没有灰心，我有勇气和希望。"

过去已结束，逝者已安息。这样的想法是不是过于无情了？她真心希望她学会了怜悯和慈悲。她无法知道等待她的未来会怎样，但是她感到了身上那股力量，无论发生什么，她都会以轻松、乐观的态度去接受。这时，突然间，她也不知缘由，从她潜意识的深处浮现出他们旅行的一段记忆，她和可怜的沃尔特，前往瘟疫肆虐、他被夺去生命的城市：一个早晨，天还黑着他们就坐上轿子出发了，黎明时分，她凭直觉猜测到而不是看到了一幅令人叹为观止的美景，暂时缓和了她心中的痛苦，也使得人间所有的苦难毫无价值。太阳升起来了，驱散了薄雾，她看到了他们要走的那条小路，穿过了稻田，越过了小河，融入了起伏的原野，蜿蜒至眼睛看不到的地方，如果她能沿着眼前这条她依稀可辨的小路前行，当然不是诙谐和蔼的老沃丁顿说的那条没有归宿的路，而是修道院那些亲爱的修女们如此谦恭而行的那条小路，或许她做过的错事、犯下的罪恶、遭受的不幸不完全是毫无意义的，因为那条小路才是通往内心安宁的路。

ⓒ 毛姆 2021

**图书在版编目（CIP）数据**

面纱 /（英）毛姆著；刘应诚译. -- 沈阳：万卷
出版公司，2021.4（2023.1重印）
ISBN 978-7-5470-5389-8

Ⅰ. ①面… Ⅱ. ①毛… ②刘… Ⅲ. ①长篇小说—英
国—现代 Ⅳ. ①I561.45

中国版本图书馆CIP数据核字（2020）第120591号

出 品 人：王维良
出版发行：北方联合出版传媒（集团）股份有限公司
　　　　　万卷出版公司
　　　　　（地址：沈阳市和平区十一纬路25号　邮编：110003）
印 刷 者：辽宁新华印务有限公司
经 销 者：全国新华书店
幅面尺寸：145mm×210mm
字　　数：200千字
印　　张：8.5
出版时间：2021年4月第1版
印刷时间：2023年1月第6次印刷
责任编辑：胡　利
责任校对：高　辉
封面设计：李英辉
版式设计：路金英
ISBN 978-7-5470-5389-8
定　　价：36.00元
联系电话：024-23284090
传　　真：024-23284448

常年法律顾问：王　伟　版权所有　侵权必究　举报电话：024-23284090
如有印装质量问题，请与印刷厂联系。联系电话：024-31255233